起業闘争

高杉 良

角川文庫
21353

目次

第一章　〝脱藩〟計画

1

　また始まったな、と碓井《うすい》は思った。気持を鎮めるために、マイルドセブンをくわえたが、われながら苛立《いらだ》ちが露骨に顔に出ていることを意識しないわけにはいかなかった。中川はいつもこんなふうにはぐらかしにかかる。

「そう短兵急に結論を出せと言われても困るんだなあ。コンピュータ・システムの外販事業をやめる方向で考えようということで、やめたと決めたわけじゃあないよ」

「それじゃ別会社方式を考えてください」

「それはどうかなあ。下山専務とよく相談してからでないと……」

　碓井のけわしい視線にはじかれたように中川は眼を伏せた。

「私は、室長の考えを訊《き》いてるんです。ＩＨＩの全額出資による別会社方式で外販事業を継続したいという私の考えに賛成なのかどうか。賛成なら、下山専務に進言してください。それでらちがあかなかったら、社長に直訴して、なんとか話をまとめるように頑張ってほしいですね。それとも反対ならはっきりそう言ってください。いつまでもあいまいのままでいられるわけはないし、新しい仕事をとらずにジリ貧を待つなんてことはできません」

碓井はぽんぽんと言い放って、つとソファから起《た》ち上がった。負けん気を出した切れ長の眼が怒りに燃えている。

石川島播磨《はりま》重工業（ＩＨＩ）の情報システム室事業開発センター所長の碓井優《ゆたか》が直接の上司である情報システム室長の中川に眦《まなじり》を決して対峙《たいじ》するにはそれなりのわけがある。碓井たちが手塩にかけて育ててきたコンピュータ・システムの外販事業が崩壊に瀕《ひん》していたからだ。

ＩＨＩは比較的早い時期に造船部門のコンピュータ化に取り組み、昭和三十年代の後半から四十年代の前半にかけて大型タンカーなど船舶の設計から資材計画、発注計画、資材の搬入、現場のスケジューリングにいたるまでをコンピュータによってコントロールできるシステムを確立した。大型船舶は四十万点もの部品で成り立っているだけに、コンピュータ導入のメリットは少なくなかったのである。鉄板の切断や撓《たわ》み一つにしてもコンピュータでコントロールされている。

ＩＨＩは造船部門で蓄積したコンピュータ・システムに関するソフトウエアを社内の

物流、販売などの合理化に利用したうえで余力を外販に向けることにし、事業化したが、碓井たちが開拓したユーザーにはアラビア石油、教育社、全国農業協同組合連合会、ソニー、東洋工業、日本交通公社、ビクター、ブリヂストンタイヤ、安川電機製作所、雪印乳業などがある。

いずれも物流、社内事務などのオンライン化、システム化にIHIで開発したソフトウエアを提供するわけだが、日本交通公社を例にとれば、国内および海外旅行の予約システム、代金回収システムなどがIHIの手によってオンライン化されている。IHI情報システム室の事業開発センターは、ユーザーの求めに応じてシステムの醸成、計画、設計、開発、運用にいたるフェーズ一からフェーズ五までをもてるシステム・エンジニアリングによって完璧《かんぺき》に仕上げることができる。

もっとも、情勢はつねに変化し、コンピュータ・システムなどの先端技術は日進月歩で技術革新を遂げるので、新しいシステムの動きを正確にねばりづよく追跡評価しなければならないから、ひとたび取引関係が成立すると、ほぼ半永久的にソフトウエアの需給関係が継続されることになる。

数年前に第一勧業銀行取締役からIHIに転出し、財務およびコンピュータ事業を担当している下山専務がコンピュータの外販事業から全面的に撤退し、外販事業に従事しているシステム・エンジニアを社内の合理化に投入したいと役員会で提案し、それが承認されてから二年近くたっている。ユーザーとの関係で、撤退のタイミングについては明確な線は出されていないが、新規の仕事をセーブするよう指示が出され、従業員も縮小されるにおよんで碓井たちは焦躁感《しょうそう》にかられていた。約百人の外販事業従事者を社内の合理化に向けるための方法論はいっさい明示されていない。

人によっては造船やプラント事業などの現場に出されてコンピュータ関係の仕事を奪われる怖れもなしとしない。いや、その可能性は大いにあるというべきであろう。碓井が部下の意見も聞いて、別会社方式による外販事業の継続を中川に進言したのは一年以上も前のことだ。旧臘《きゅうろう》の仕事納めの日にしびれを切らして催促したが、

「上の方も考えてるところだろう」

とはっきりしない返事だった。年があらたまって、五十六年になり、いまは一月の下旬だが、碓井はここのところ連日のように中川に談じ込んでいた。

だが、のらりくらりとかわされ、ひとつも要領を得なかった。

それにしても真藤恒《しんとうひさし》が懐しい。真藤が社長だったらこんなばかなことはゆるさなかったろう。阿呆《あほう》な専務の提案など一顧だにしなかったはずだ。万一、下山の意見にいくぶんの合理性を認めたとしても、碓井が懇切丁寧に説明すればそれで勝負はついたに相違ない。

碓井は、社長の生方泰二《うぶかたたいじ》に直訴することを考えないでもなかったが、組織を乱す行為だと誹《そし》られるのが落ちだ。非難されるくらいはなんでもないが、まともにとりあってもらえる可能性は皆無といっていい。風通しのよさ、自由闊達《かったつ》にものが言えるＩＨＩの社

風はどこへいってしまったのか。

　おかしな空気が瀰漫《びまん》しはじめたものだ、と碓井は思う。碓井は自席にもどって、隣席の古沢武久に、

「いけん。話にもなにもならんがあ」

と、郷里の広島弁丸出しで言った。古沢は開発センターの課長で、碓井の直属の部下である。

「そろそろ昼だな。食事に行くか」

「いいですよ」

古沢はデスクの上を片づけながらこたえた。

　ＩＨＩの本社は、東京駅から徒歩五分ほどの新大手町《しんおおてまち》ビルにある。碓井と古沢は、新大手町ビルから東京駅八重洲《やえす》口の地下街へ出た。

　一月にしては暖い日でコートは要らない。碓井は茶系統のストライプのスーツを身につけている。上背は百七十センチ足らずだが、スリムでひきしまった躰《からだ》は敏捷《びんしょう》そうに見える。あぶらっ気のないやや長めの毛髪が耳の半分をおおっている。二重瞼《ふたえまぶた》の眼は切れ込んでいるが、表情をくずすと、おどろくほど柔和になる。

　北口側寄りの地下街にスパゲティと自家製のヨーグルトを食べさせる店がある。テーブル、椅子、四方の壁を白色で統一した清潔な感じの店だ。二人はその店の奥のテーブルで向かい合った。

「そもそも外販事業を潰《つぶ》すことの狙いはなんだろう。下山さんは入るを計って出《い》ずるを制すなんて言ってるらしいが、不採算部門を整理するということならわかる。しかし年間ベースで二億円の純益は固いはずだ。やりようによってはもっと伸ばせる部門から撤退することが、出ずるを制することになるのかね。内部の合理化に向けるとは具体的にどういうことなのか。その具体案を示せと言っても梨のつぶてだ。結局、理屈じゃなく感情論で、真藤のおやじに近かった俺が憎くて仕方がないから、というわけか。坊主憎けりゃ袈裟《けさ》までもの口なら、そんなものかと理解できないこともない」

碓井は声高に言ってコップの水を一気に飲みほした。地声だから仕方がないにしても大き過ぎる。古沢は、それを制するように声をひそめた。

「坊主憎けりゃってことはないでしょう。あなたは体制批判をけっこう派手にやってるじゃないですか」

「つまり、俺は袈裟ではなく坊主っていうわけか。どっちでもいいが、旧体制につながるものはすべて否定してかかる、あいつらのやり方は陰湿だよ」

「そこまでは考え過ぎですよ。ただ、もう勝負はついてると思います。中川室長をいくらつっついてもしようがないんじゃないですか」

「気にいらんなあ。ああいう愚図助は」

ボンゴレのスパゲティが運ばれてきた。碓井は、浅蜊《あさり》の殻まで嚙《か》み砕きそうな勢いで、がつがつとかき込みはじめた。古沢にも、碓井の苛立ちは痛いほどよくわかる。

よく辛抱してきた、というのが実感だ。この二年ほどの間、碓井はほとんど仕事をしていない。外販事業を軌道に乗せた自負が碓井の内面を支えているせいかもしれないが、活力、才能をもてあましている男が仕事を与えられないことぐらい辛《つら》いことはないと古沢は思う。

上からの指示は、碓井を素通りしてすべて古沢に直接もたらされるし、上との対話は、碓井からの一方通行で、のれんに腕押しのようなことになっている。古沢を初め碓井の部下たちは、碓井を袖《そで》にするような態度はとっていないし、古沢にしても気をつかって細大洩《も》らさず碓井に報告し、遺漏無きを期しているつもりでも、肝心な点が抜け落ちて、あとでハッとするようなことがある。

しかし碓井は、悠揚迫らぬ態度をとりつづけている。並みの精神力ではない。碓井の勁《つよ》さに、かえってこっちがいじけてしまうほどだ。

「体制批判をやってるつもりはないんだがなあ。真藤のおやじが残してくれた遺産を守ってほしいと言っているに過ぎない。尻尾《しっぽ》を振ってすり寄って行かなければ相手にしてくれないのか。いまさら、下山さんに媚《こ》びるわけにもいかんしなあ」

碓井は、スパゲティをフォークでこねくりながらひっぱった声で言った。

「そんな、取ってつけたようなことをしても駄目ですよ。あなたにそれを求めたら、碓実に会社をやめるでしょう」

古沢がまぜっかえすと、碓井は硬い顔でぽつっと言った。

「スピンアウトしたらどういうことになるかなあ」

古沢のフォークの手がとまった。

「仕事を奪われるくらいなら会社をやめて、われわれの手で仕事をつづけることを考えるべきじゃないだろうか。じつをいうと、半年ほど前から、もやもやした気持でそんなことを考えていた。きみ、どう思う？」

碓井は、紙のナプキンで口のまわりをぬぐいながら、古沢の反応を待った。古沢は、めまいをおぼえるほどの衝撃を受け、フォークを投げ出した。やたら口がかわく。

「藪《やぶ》から棒に、ショックですよ。返事のしようがないじゃないですか」

「俺なりにプログラムはできている。外販事業部門に所属しているシステム・エンジニア百人をそっくりそのまま引き抜ければいちばんいいが、そうもいかんだろう。ほかの部門も含めて最低八十人は確保したいな」

こともなげに言って、碓井は煙草に火をつけた。

「古沢に話したのが初めてだが、どうしても欠かせないメンバーが十二、三人いる。そのメンバーには俺がじかに話したい。あとの七十人は手分けして同志を募ろうじゃないか――」

「怨念《おんねん》ですか」

「怨念ねぇ……。ちょっとちがうと思う。うらみ、つらみだけで事業はできない」

「本気なんですね」

驚愕《きょうがく》から回復し切れず、古沢の声はうわずっている。

「こんなことが冗談で言えるか」

碓井は怒ったように言って、

「ヨーグルトを二つお願いします」

と、調子を変えてウエイトレスに注文した。店がたて混んできたので、スパゲティだけでは気がひけたのだ。

「しかし八十人だなんて、そんなに集まりますかねえ」

「外販事業撤退の会社の方針がはっきりしたら、雪崩現象ということだってあり得ないことではないさ」

「まさか」

あきれ顔で言って、古沢は頭を振った。

「たとえば古沢はどうだ。俺の話にまったく気持が動かないということはないだろう」

「…………」

古沢は、今度は頭を縦に振らざるを得なかった。

「問題はスピンアウトするだけの大義名分があるかどうか。それと、リスクの度合いのいかんだ。第一の点はＩＨＩがコンピュータ関係の外販事業から撤退することが事実なら問題はないというべきだろう。お得意さんとの信頼関係をそこなわないためにも、われわれはなんらかのかたちで事業を継続すべきだと思う。第二の点は、ＩＨＩが外販事業をやめれば必然的に、仕事は確保できるわけだからリスクはほとんどないといえる。強いてあげるとすれば、ひとが集まるかどうかだ。気持は動いてもいざとなると、いろいろな障碍《しょうがい》が出てくるからな。こればかりはやってみなければわからないが、いけるような気がしている」

「カネはどうするんですか。資本金、運転資金合わせて二億円は必要でしょう」

「心づもりはある」

「ほんとうですか」

「うん」

「碓井さんは、十二、三人のメンバーを考えてると言いましたが、誰と誰ですか」

「それはちょっと待ってくれ。ことは秘密を要する。ある程度目鼻がついたら話す。ま、きみが考えている顔ぶれと大差ないはずだ」

碓井は、初めて笑顔を見せ、スプーンでヨーグルトをすくった。

「会社が外販事業を継続すると方針を変えたらどうします？」

「中止するまでだ。大義名分もなくなるし、リスクの度合いも大きくなるからな。だかられわれの計画をさとられずにどうやって会社に撤退の方針の念を押すか、この点は頭を使う必要があると思う」

「所長は私が考えている以上に、研究してるみたいですね」

「そうでもないが、一度しかない人生だからね。悔いを残すようなことだけはしたくないと思っている。俺も四十五だから、ここらが転機かもしれないし……。古沢は四十二歳だったな」

「ええ」

古沢はうなずき返しながら、いつになく静かな碓井の口調に、粛然とした気持になっていた。この人はやる気だ。本気で会社をやめるつもりになっている、と古沢は思った。仕事を干され、昼あんどんのようなポーズをとりながら、半年もの間、独立の機会をうかがっていた。だからこそ、そうした仕打ちに耐えられたともいえる。

そのとき古沢は、碓井について行くことになるな、と予感している。碓井と接していると金縛りにされたように身動きできなくなるのだ。カリスマ性とも違うが不思議な魅力をもっている。しかもただ強引にことを進めるわけではない。打つべき布石を打ったうえでの話だから、説得力があり、頑固さだけで言い出したらきかないのとはわけが違う。

寄らば大樹の陰というたとえがあるが、IHIという大藩から脱藩することに不安がないといえば嘘になる。IHIに未練もある。碓井をして思いとどまらせる唯一の方途は、会社がコンピュータ・システムの外販事業を継続することだ。

いっそのこと、碓井の計画を会社に伝えたらどうなるだろう。それによって会社から外販事業撤退方針の白紙還元を引き出せるのではないだろうか――。しかし、そんな裏切り行為に走れるわけがない。碓井も言っていたことだが、外販事業撤退の方針について執拗《しつよう》に念を押す必要があるが、その過程で逆転へ持ち込むことは不可能だろうか——。古沢は、できることなら碓井ともどもＩＨＩに残れるに越したことはないとも思うのだ。

ＩＨＩのＯＢを父親にもつ女房を説得するのは容易ではない。それを考えるだけでも憂鬱《ゆううつ》である。

2

二月上旬の寒い夜、碓井は森山徹と神田《かんだ》駅近くのとんかつ屋で落ち合った。森山は、事業開発センターのスタッフで、交通公社のシステム化を担当している。古沢の下で上下左右に関係なくはっきりとものを言う男で、そんなところが買われたのか、約五百人の従業員を擁する情報システム事業部門を代表して、経営協議会の組合側委員に選任されている。

経協、経営協議会とは、労使懇談会を発展させた機関である。労使交渉と、労組の経営参加は画然と区別すべきとする認識から、比較的穏健な同盟系の労組をもつ企業に共通しているが、経協を通じて労組から経営に関する意見を汲《く》み上げるとともに、会社の方針を労組に浸透させる目的で設置された。ＩＨＩにかぎっていえば、経協の本会議は年四回と定例化されている。

碓井が、古沢に次いで森山に胸中を洩らす気になったのは、コンピュータ・システムの開発力に関する森山の力量を評価していたこともさることながら、経協委員の役割を重く見たからにほかならない。

「寒いから熱燗《あつかん》でやるか」

「お茶でいいですよ」

「無理するな。一杯だけつきあうから」

「所長こそ無理しないでください」

「まあ、そういうな」

碓井は、熱燗を二本と湯豆腐、それにひれかつ定食を注文した。

森山のぐいのみにはなみなみと、自分のそれには半分ほど注いで、碓井は杯を眼の高さに持ち上げ口に運んだが、なめただけで顔をしかめてテーブルにもどした。

森山が半分ほど酒を喉《のど》へ流し込んで、ぐいのみを手にしたまま気づかうように碓井の挙措を見守っている。

「大丈夫ですか」

「ああ。遠慮せずに手酌でやってくれ。俺はお茶をもらう」

碓井は下戸でアルコール類はまったく受けつけない体質だ。ビールをコップに一杯も飲もうものなら、心悸亢進《しんきこうしん》で卒倒しかねない。

「ところで話ってなんですか」

「森山は会社をやめたいと思ったことはないか」

「ほーう。きみは九大の工学部を出たエリートで、ＩＨＩで役員になることも可能だ……」

「ありますよ」

「不可能です」

間髪を入れずに森山は言って、杯をほし、手ずから銚子《ちょうし》を傾けた。

「コンピュータなんかやってれば、平部長も危いんじゃないですか。コンピュータ関係のビジネスを縮小しようという会社ですよ。事実、百五十人いた外販部隊はこの二、三年の間に百人に縮小されています。僕は適性検査を受けて電算部門に配属されたのですが、会社には電算事業を伸ばそうという気はないわけだから、先の見通しなんてぜんぜんありませんよ。もっとビジネスをやりたいですよ。しようがないから、ベンチャー・ハウスにでも移ろうかとも考えています。いいところがあればの話ですが」

「そんなものかねぇ」

碓井はうなるように言った。森山にこちらの胸中を読まれて、おちょくられてるような気がしないでもない。

「じつは俺も会社をやめたいと思っている」

碓井は、森山の杯に酌をしながらつづけた。

「会社が外販事業から手を引くことが前提だが、どうやら会社の方針は変りそうもないから、やめることになるだろう」

「…………」

森山は、息を吞《の》んだ。ヒラ社員の俺がおだをあげるのとわけが違う。瘦《や》せても枯れても碓井は、コンピュータ部門のリーダーの一人であり、外販事業が今後どういう形態をとるにせよ、中軸にならなければならないと思うからだ。

「会社をやめてソフトウエア・テクノロジーの集団をつくりたいと思っている」

「驚きましたね」

「どうして？　きみ自身の気持を考えれば驚くには当たらんだろう。それとも、きみが会社をやめたいというのは、ちょっとした感傷か」

「いや。やめるからには、食っていくためにも次のプログラムがなければならないと思うんです。そういう意味では漠然とやめたいと考えているに過ぎないかもしれません」

「俺のほうはもうすこしきみよりはっきりしている。一緒にやる気はないか」

「あります」

「いやにあっさりしてるが、奥さんに相談しなくていいのか」

「ご心配なく。僕はワイフに信頼されてますから」

「…………」

碓井は複雑な思いで、湯豆腐をつついた。

十五年も勤務したＩＨＩに愛着めいたものはないのだろうか。碓井自身は、半年余も悩みに悩んだすえの結論である。森山とは十年の年齢差があるが、ジェネレーションの相違とでもいったらいいのか、こうもあっさり乗ってこられると逆に拍子抜けしてしまう。古沢の慎重な対応に比べて軽いようにも思える。

碓井は気持をとりなおして、計画を森山に話して聞かせた。もちろん古沢に話した以上のことを明かしてはいない。

「八十人ですか」

森山は、眼を剝《む》いた。さすがにそこまでは考えていなかったようだ。

「僕は二、三十人が適正規模だという気がしています」

「その程度ではたいした仕事はできないなあ。八十人は最低ラインだ」

「碓井さんを知っている人は、黙ってても寄ってくるでしょう。しかし、八十人となるとちょっと……」

「俺は、ここにも一人いるが中核となる十二、三人は集める。あとは、みんなで手分けしてやればなんとかなるだろう。若い人はドライだから、ドライに割り切れるサムシングがあればいいいんじゃないのか。たとえば給与がIHIより高いとか、仕事がふんだんにあるとか、いろいろ考えられるだろう。もちろん連帯感がなければならないがね」

「しかし、八十人という数は、相当なものですよ」

「ま、案ずるより生むが易しだ。当分の間、誰にも話さず伏せておいてもらいたい。奥さんにも話すな。とりあえずきみにやってもらいたいことは、経協の委員として、会社の方針を明確に引き出すことだ。外販事業撤退の方針を経協の場ではっきりさせてもらいたい。そのためには下山専務の言質《げんち》をとる必要があると思う。大義名分というか、錦《にしき》の御旗《みはた》はどうしてもなければ困る」

「問題は経協の場に下山専務をひっぱりだすことですが、われわれの意図を会社にも組合にもわからないようにやるとなると、自然体でいくしかないですね」

「そのとおりだ。経協対策はきみにまかせる。三月中に目途をつけるようにやってみてくれないか」

「はい。なんだかわくわくしてきました」

酒のせいもあるのだろうが、森山のきりっとしまった顔が湯上がりのように、上気して赤くなっている。じっさい、森山は気持が昂《たか》ぶっていた。

3

碓井が、野中輝之（三十九歳）、三宅胖（四十歳）、清水徳樹（四十一歳）、高村八郎（四十歳）、今田豊徳（三十七歳）、山崎健（三十一歳）たちに、古沢や森山に話したように胸のうちを明かしたのは二月中旬から三月中旬にかけてである。いずれも碓井の息のかかったシステム・エンジニアたちだ。森山のようにその場で明確な態度を示したのは山崎だけだが、碓井の意向は各人の胸にずしりと重くひびいたようであった。

山崎は、碓井のためなら水火も辞さぬといわんばかりの思い入れを見せた。

「誘ってもらえなかったら、押しかけてでも連れてってもらいましたよ」

「ありがとう。そんなふうに言ってもらえるとは思わなかった」

「だって碓井さんは私のなけなしの能力を引き出してくれた恩人じゃないですか。恩返しさせてもらいますよ」

「恩返しなんて、そんな大時代的なことを言われても困るが、自分のためになると考えてもらっていいと思う。サラリーマンというのは多かれ少なかれ会社人間で、会社のためならなんでもやってしまうようなところがあるが、会社は冷たいから、かならずしもそれに報いてくれない。仕事を奪われたら奪い返すしかないと俺は考えたわけだ」

「よくわかります。それで私以外のメンバーは……」

「もうすこし待ってほしい。きみも他言しないでくれ。恋人にも話さないでもらいたいな」

「わかってますよ。信用してください」

山崎は、メタルフレームの眼鏡の奥で細い眼をしばたたかせた。山崎は、調子がいいわりにはいじいじしたところがあった。しかし、山崎のシステム・エンジニアとしての能力は買える、と碓井は思っている。

碓井が、山崎と晩めしを食べて帰宅した三月十三日の夜のことである。妻の昭子《てるこ》がめずらしくきつい顔で言った。

「お食事は？」

「食べてきた」

「きょうもマージャンですか」

「そうとがるな。きょうは、マージャンじゃない。会社の若いやつに、めしをつきあった」

「とがってなんていません。ご飯がいらないんなら電話ぐらいかけてください。お酒が飲めないのに毎晩たいへんですね」

昭子は、煎茶《せんちゃ》をいれながら皮肉っぽく言った。三月になって、碓井が自宅で夕食をとったのは一度あるだけで、十時過ぎになることが多い。

「これからはもっとひどいことになるかもしれない」

「どういう意味ですか」

「新しい仕事をまかされそうなんだ。ＩＨＩの子会社みたいなものだが、おもしろそうだから、俺としては力が入っている」

碓井は、会社や、仕事の話は家庭ではいっさい口にしないことにしているが、これから先のことを考えると、多少匂わせておいたほうがよさそうだと思えたので、適当にお茶をにごしたのである。

事情のわからぬ者に判断能力などあろうはずはないし、感情的にものを言うだけでなんのたしにもならない。

会社をやめると聞いただけで、頭に血をのぼらせてしまうのが落ちだ。ＩＨＩの子会社とは、われながらうまいことを言った、と碓井は思わずにやりとした。

「転勤で遠くへ行くことになるんですか」

「ない」

碓井は、茶をすすりながら考える顔になった。財布の紐《ひも》を握っている昭子からさしあたり二百万円ほどひっぱりださなければならない。ＩＨＩの子会社にカネを出すというのは説明がつかないが、ここは強引に押し切るしかない。

「二百万円ほど用意してくれないか」

「何かお買いになるんですか」

「ちがう。わけはあとで話す」

「どなたかに貸してあげるんですか」

「……………」

「また、誰かの尻《しり》ぬぐいのようなことをさせられるんですね」

「どういう意味だ」

碓井は、昭子がなにを言っているのか、とっさにぴんとこなかった。

「いつでしたか、サラ金で……」

「阿呆《あほう》、それほど俺はお人好《よ》しじゃない」

十年以上も昔のことだが、呉《くれ》の造船所に勤務していたときにサラ金に手を出してにっちもさっちもいかなくなっていた同僚に五十万円ほど用立てたことがある。その男は結局、依願退職のかたちでIHIをやめていったが、五十万円は焦げついてしまった。

「そんなんじゃないから安心しろ」

「それなら理由をおっしゃってください」

「いずれ話す。おまえは俺を信用できんのか」

碓井はささくれだった。もっとも多分に照れかくしがある。

「わかりました。きょうは十三日の金曜日ですけれど、やっぱり悪い日なのかしら」

昭子は眉《まゆ》をひそめ、小さく身ぶるいした。

4

碓井がまだ、新宿の寿司《すし》屋で山崎と話していた同時刻、森山は深川門前仲町《ふかがわもんぜんなかちょう》の飲み屋で労組東京支部長の荒井と飲んでいた。その日の午後、森山はIHIの労組本部に出向いた。労組本部は、IHIの発祥地である佃島《つくだじま》にある。折りよく鈴木委員長も在席していた。

「ちょうどよかった。委員長にもぜひ聞いてもらいたいことがあるんです」

小会議室で、森山は切り出した。森山は組合専従ではないが、それでも労組本部に顔を出す機会が月に一度や二度はある。専従の鈴木や荒井とは気心の知れた仲だ。

「会社がコンピュータ・システムの外販事業から全面的に撤退する方針を打ち出したこ

とは聞いていますか」

「もちろん聞いてるが……」

「ところが、中川室長に訊《き》くと、まだ決まっていないという返事なんです。あいまいなのがいちばん困るんですよ。電算部門には約五百人の従業員がいます。そのうち外販事業には約百人張り付いてますが、ここのところ士気が低下してどうにもなりません。外販事業をやめるとなったら、希望退職者を募集するなんてことにならないとはかぎりませんからね」

「被害者意識が強過ぎないか。そんなことにはなってないはずだぞ」

荒井が言った。鈴木は、温厚でみんなの意見をじっくり聞くタイプだが、荒井はどちらかというと戦闘的である。

「まず、会社の方針をいつまでもあいまいにせず、はっきりしてもらいたいですね。そのうえで配置転換なり、次の事業展開を示してもらわなければ、不安でおちおち仕事などしてられませんよ」

「会社が撤退方針を出したのは、たしか二年も前のはずですが、まだ経協で問題になったこともないですねぇ」

荒井が首をねじって鈴木に確認している。

「そういえば、ないな。一度、経協で出してみる手はあるね」

「そのとおりです。会社の方針には、それなりに必然性があると思うんです。利益の出ている事業をやめるというのは、ずいぶん勿体ない話ですけど、それ以上に合理性があるといわれたら、従う以外にないですよ。ただ、納得のいくように説明してもらわなければ、われわれとしては気持の整理がつかないじゃないですか」

「わかった。さっそくほかの連中にも諮ってみよう」

荒井は、念を押すように鈴木の顔を見ながら言った。

「ちょっと待ってください。経協となると、議題も多いので、この問題だけでそう時間はとれないと思うんです。副委員の連中も、カリカリしてて、直接会社の首脳部に質問したいといってる者もいますから、たっぷり時間を取れるミニ経協のほうが、ベターなんじゃないですか」

ミニ経協とは、事業部門ごとに開いている経営協議会のことだ。情報システム部門には、森山が指名した副委員が四人いるが、ミニ経協には副委員も出席できることになっている。

森山は、残りの緑茶を茶殻ごと喉《のど》へ流し込んで、つづけた。

「問題は、会社の首脳部がミニ経協に出席してくれるかどうかです。本会議なら社長以下首脳部がずらりと顔をそろえてくれるでしょうが、ミニ経協となると、部長か平取クラスでお茶をにごされちゃうので、かなわんのです。社長は無理だとしても、担当専務ぐらいには出てもらわないと……」

「心配するな。下山専務には、かならず出てもらうようにする」

荒井が赭《あか》ら顔を一層赤く染めて、断定的に言った。森山から白い歯がこぼれた。そうこなくちゃあ困る。忙しい中を時間をやりくりして労組本部に乗り込んで来たのは、いつにかかってミニ経協に下山をひっぱりだしたかったからにほかならない。

「二十五日にわれわれの方のミニ経協が予定されてますが、委員長と支部長と二人がかりで下山専務を説得してくださいよ」

「二人がかりということがあるか。委員長から電話一本かければ、それでOKのはずだ」

「しかし、気位の高い人だから、ミニ経協なんぞ出席する必要はないと言いはるかもしれませんよ」

「そんなことは言わせんよ。予定があってどうしても二十五日は外せないと言われたら、日をあらためるまでだ」

荒井が肩をいからせて言うと、鈴木は腕時計に眼を落してつぶやいた。

「まだ五時前だなあ。下山さんに電話を入れてみるか」

「そうしていただけるとありがたいですね」

森山も時計を見ながら言った。

5分ほどして、鈴木が会議室へもどってきた。

「OKだ。四の五の言っていたが、強引に了承してもらった。日をあらためると言ったら、そこまで言うんなら仕方がない、出席すると折れたよ」

「ありがとうございました」

森山は、ソファから起《た》って、深々と鈴木に頭を下げた。

「質問書をあらかじめ勤労へ提出しておいてくれたまえ」

「それは、ルールどおりやります。コピーを本部へ郵送します」

森山は、荒井にこたえた。ミニ経協の一週間前までに本社の勤労部を通して事前に質問書を会社へ提出することが義務づけられている。

5

あくる日、土曜日の昼下がりに、碓井は森山の訪問を受けた。千葉県の我孫子《あびこ》から三《み》鷹《たか》のマンションまで、二時間はたっぷりかかるはずだ。しかも在宅しているという保証もないのに、予告もなしによく出かけて来たものだと碓井は感心した。

「古沢課長からゴルフの予定はないらしいと聞いてましたから」

「それにしてもよく来てくれたな」

「ここのところ、いれ込んでて家にいても落ち着かんのです。所長の顔をみたら、すこしは落ち着けると思いまして……」

「こんなまずいつらで落ち着けるんなら、いつでも見にきてくれ」

「森山さん、無理なさってるわ」

昭子は吹き出した。森山もおかしいが、真面目な顔でこたえている夫はもっとおかしかった。

「おまえ、げらげらばか笑いしてないで、コーヒーでもいれてやれよ」

森山の方へ向けた碓井の仏頂面がすぐほころんだ。

「二十五日のミニ経協に下山専務が出席するそうです。昨日、本部へ行って、委員長から電話で確認してもらいました」

「ほう。よくひっぱりだせたね」

「組合の執行部がその気になってくれさえすれば、あとはなんとでもなると思ってました」

「下山専務がミニ経協で、外販事業の継続への方向転換を表明することは百パーセント考えられんな」

「そう思います。撤退の方向で継続審議という可能性もないと思います。中川室長の立場がちょっと気の毒のような気もしますが」

「どうして？」

「あのひとは、われわれと上との板ばさみになって悩んでた面がないでもないと思うのです。ミニ経協に下山専務が出席するとなれば、そこでぴしゃりとやられて、立場をなくすことになるんじゃないでしょうか」

「きみの読みは的確だ。俺もそう思う。中川さんには、いろいろ提案してきたが、すべてうやむやにされてしまった。別会社をつくる話にしても、下請けを利用する案にしても、外販事業の継続に関する俺の提案が下山専務に伝わっているのかどうかもあやしいものだ」

「さあ、その点は話してるんじゃないですか。一喝されておしまいでしょうけれど」

「上に向かっていく激しさを見せてもらいたかったな。いや、下に対してさえ、顔色を見るようなところがある」

「それは無理ですよ。所長のメジャーを中川室長にあてはめるのは気の毒というものです」

「下山専務に二度面会を求めたが、二度とも断わられた。あの人は、俺の意見を聞こうともしなかった。ミニ経協に出てきて、外販事業撤退の方針を撤回することはあり得ない」

「つまり、われわれの目論《もくろ》みどおりことが進むわけですね」

森山は、にこっと笑った。碓井は、森山のわれわれという言いかたに共感をおぼえた。それは連帯感と言ってもよい。この男は、俺と同じように会社をやめることにいまや情熱を燃やしはじめている、と碓井は思った。会社をやめたいと思ったことはあるか、と質問したとき、

「あります」

と答えたのは本音だったのだ、と碓井はいまごろになって首肯できる。

「所長は古沢課長に話しましたか」

「ああ。きみは古沢と話をしたのか」

「いいえ。そんな気配がありありとするんでここまで……」

森山は右手を水平にして顎《あご》のあたりで示しながらつづけた。

「出かかったのですが、やめました。所長に試されてるような気がしたんです」

「俺は人を試せるほどえらくはない。ただ、プランを成功させるためには秘密を要すると思っているだけだ」

「古沢課長は相当緊張してますね」

「そうか」

それは、碓井にも理解できる。古沢なりに悩んでいるのだろう。気のせいか眼が合うと古沢のほうから逸《そ》らすことが多いように思える。

「古沢は反対なのかなあ」

「いやあ、その逆ですよ。戦略、戦術を練っている最中じゃないですか。所長が言い出したらブレーキがかからないことぐらい百も承知してますよ。それなら、どう在るべきかを考えたほうが得ですからね」

「そんなふうには見えないが……」

「僕の眼に狂いはないと思います」

「しかし、考えてみれば会社をやめるってことは大変なことだ。きみも俺も子供がいないから気が楽だが、古沢は子供がいるから断腸の思いだろう。いまは、女房子供にも話してもらっては困るが、折りをみて、俺がきみや古沢の奥さんに丁寧に説明したいと思っている」

昭子は、ドア越しに、夫の話を聞くともなしに聞いてしまった。「会社をやめる」という言葉だけが耳に残り、胸が騒いだ。夫と森山をそれとなく観察したが、二人ともなにくわぬ顔でコーヒーをのんでいる。

そのうちに、春の甲子園大会の話になった。

広島の三津田《みつた》高校のエースとして鳴らした碓井は、甲子園大会が近づくと、そわそわ落ち着かなくなるのはいつものことだ。

森山が帰ったあとで、昭子はたまりかねて訊《き》いた。

「あなた会社をやめるんですか」

昭子は、なにかを読みとろうと夫を凝視したが、碓井は表情を変えなかった。

「なんのことだ」

「さっき、森山さんとそんな話をなさってたじゃありませんか」

「ああそんなことか。会社をやめたいというやつがいるから、慰留しようと思ってる」

「古沢さんですか」

「ちがう。早とちりするな」

碓井はシラを切った。中国の諺《ことわざ》ではないが、めんどりに騒がれたら碌《ろく》なことはない。ここで白状してしまったら、昭子は古沢の女房のところへ駆け込むだろう。

「おまえ、盗み聞きなんて悪い趣味だよ」

「へんなこと言わないでください。たまたま聞こえてしまっただけじゃないですか」

「なら変な勘ぐりはよせ」

「それじゃあ、二百万円の使い途《みち》について説明してください」

「みっともないぞ。眼をつりあげて。カネはなんとでもなる。そんなに心配ならいいんだ」

碓井はぷいと顔をそむけた。

「だれもそんなことは言ってません。あなたこそおかしいわ。変にむきになって。結局説明できないんですね」

「そのうち話すと言ったはずだ」

碓井は、「煙草を買ってくる」と言いおいて、部屋から出て行った。

第二章　同志糾合

1

三月二十五日の夜、碓井は白金台《しろかねだい》の都ホテルのラウンジで、森山を待っていた。コーヒー二杯とショートケーキを一つ食べて時間をつぶしたが、約束の七時を一時間近く過ぎても森山はあらわれなかった。八時半まで待とう、と碓井は心に決めて経済誌をひらいたが、眼が活字をうわすべりするだけで、出入口の方が気になって仕方がなかった。ラウンジからロビーと玄関が視界にとらえられる。都心から離れているせいか人の出入りの少ない静かなホテルである。八時を過ぎても森山は来なかった。ホテルを間違えたのではないだろうか。都ホテルは都内に一つしかないと決めてかかったが……。

碓井は不安になって、ウエイターにその点を確認してみた。チェーンの都ホテル・インが品川にあると聞いて、碓井はあわてた。森山は、都ホテル・インで待っているとも考えられる。呼び出しの電話をかけよう、と思って腰をあげたとき、回転ドアを押している森山の長身が眼に入った。森山も、碓井を認めて、小走りに近づいてきた。

「すみません。こんなはずじゃなかったのですが……」

森山は息せき切って言った。

「ホテルを間違えたか」

「いいえ」

「それならいいんだ。都ホテル・インとかいうのが品川にあるらしい」

「労組の委員長につかまっちゃったんです。一杯だけつきあえってきかないものですから、下山専務をミニ経協にひっぱりだしてくれた借りがありますから、断わり切れなくて」

「まあ坐《すわ》れよ。コーヒーでももらおうか」

「ええ」

碓井は手をあげてウエイターを呼んだ。

「下山専務は出席したわけだな」

「ええ。万事読み筋どおりです」

森山は身ぶり手ぶりを交えて説明にかかった。

碓井にもミニ経協の場面が眼に見えるような気がしてくる。

ミニ経協が始まったのはその日の午後三時である。会場は佃島の労組本部の四階会議室で、会社側の出席者は下山、中川、システム開発部長の谷山、システム管理部長の豊口の四人、組合側は、委員長、副委員長、書記長の三役と東京、相生《あいおい》、横浜、呉、名古屋の各支部長、経協委員の森山、副委員の藤田、今泉、畑山、渡辺の合計十三人。それに、テーブルについていないが、本社人事勤労室の課長、主任クラスが五人オブザーバーとして会場で傍聴していた。

まず森山が建議の趣旨を二十分にわたって説明した。その概要は次のようなものであった。

「電算システムに関する外販事業から撤退するという噂があるが、外販事業に従事している者がなしくずしに減員されている事実をみると、これは既定の方針のように受けとれる。この方針が事実なら、はっきり示してその根拠、狙いを明らかにしてもらいたい。外販事業部門の士気は低下し、従業員は仕事が手につかないほど動揺しているが、関係従業員の配転について会社は明確なプランがあるのかどうか。われわれ電算システム部門の経協委員と副委員が、約五百人の組合員から外販事業について意見を聞いたところ、撤退すべしとする意見は皆無であった。黒字の事業を継続して、拡大均衡へ方針を転換することは考えられないのかどうか。電算システム部門の今後のなすべき機能はなにか、この点について会社が基本的にどう考えているかを明示してもらいたい」

つづいて四人の副委員がひとことずつ補足説明した。

情報システム室長の中川が、下山にうながされて、森山の建議趣旨の説明に答えるかたちで話しはじめた。

「外販事業にタッチしているシステム・エンジニアを内部の合理化に向けたいと会社は考えています。しかし、いまはよりよい方向を見出《みいだ》していくための試行錯誤の時代でありまして……」

「きみ、なにをごちゃごちゃ言ってるんだ。なにが試行錯誤か」

下山がたまりかねたように中川の話をさえぎった。

「外販事業からの撤退は、噂などではない。会社は二年も前に方針を出している」

「われわれは、正式に聞かされたことは一度もありませんが」

「そんなはずはない。役員会の決定事項は、さしさわりのない範囲で組合に流しているし、とくに本件は流していい性質のものです」

下山は、神経質そうにいつも眉間《みけん》にしわを刻んでいるが、それが一段と深くなった。

「たしかに聞いていません。噂としか言いようがないじゃないですか」

東京支部長の荒井が錆《さ》び声をはりあげた。

中川がさまよわせていた視線を膝《ひざ》の上にもどしたとき、下山の怒声がとんだ。

「きみ、どういうことかね」

「もちろん、基本的な考え方は伝えてありますが、ユーザーとの関係もありますから、いっぺんにはどうも……」

「そんなことはわかっている。問題は、会社の方針がはっきり組合に伝わっているかどうかだ」

「専務、もうすこし静かに話しましょうよ」

鈴木にやんわりたしなめられて、下山はいっそう高圧的になった。

「二年も前に決めたことを、いまごろになって噂のどうのと言われても困る。ナンセンスだ」

「開発センターの碓井所長は、外販事業を別会社方式で継続することを提案しました。それが受け入れられないなら、下請けを活用して、なんとしてでも外販事業をつづけたいと考えて……」

森山の話をさえぎるように下山がおっかぶせた。

「そんな話は聞いていない」

「専務、それは……」

中山がめずらしくきっとした顔を見せたところをみると、下山は食言しているようにもとれる。それを裏付けるように下山は言いなおした。

「とにかく考えていない」

「それでは、あらためて考えていただけますか」

森山は言ってしまって、はっとした。ヤブをつついて蛇を出すような発言にならないともかぎらない、と気づかったのだ。

「冗談を言っては困る」

下山は、顔を真赤に染めて言い放った。

森山はほっとして、吐息をついた。

副委員たちが口々に言いたてた。

「どうしてこれが冗談なんですか。きわめて建設的な提案ではありませんか」

「そうです。外販事業から撤退することの必然性が、われわれにはよくわからんのです」

「納得できませんよ」

管理部長の豊口が下山のほうをうかがいながら発言した。

「外販事業を継続するよりも持てる技術力なりシステム・エンジニアを内部の合理化に向けたほうが合理性があると役員会は判断したわけで、そうした結論に到達するまでに相当なスタディを積み上げていると思うんです」

下山が腕組みしたまま天井を睨《にら》むような姿勢で言った。

「すでに決まっていることなのでここではっきりさせる必要はないが、外販事業は今後いっさいやりません。これは会社の方針です。会社の方針には従ってもらわなければ困る。IHIは年間七千億円売り上げて、百億円近い経常利益をあげている。きみらがちまちま二、三億円稼いだってたかが知れている。そんな必要はない。きみらはスタッフなんだ。スタッフならスタッフらしく会社の中のことをやっていればいいんです。これは、考え方の相違だから仕方がありません。接点を求めようとしても無理で、きみらの理解が得られないなら得られないでもしようがないな」

「すると、コンピュータの外販事業にたずさわっている者の配転はどういうことになるんですか」

下山は、質問者の荒井にちらっと眼をくれたが、すぐに顎《あご》を突き出して天井にもどした。

「社内のコンピュータ関係でやる仕事はいくらでもあるじゃないですか」

「外販事業には百人もシステム・エンジニアがいるんですよ。吸収しきれますか」

荒井にたたみかけられて、下山はかすかに眉《まゆ》を動かしたが、「吸収しきれなかったら、現場へ出たっていいじゃないですか」と、ひややかに言い放った。

「それでは、造船の現場へ出されることもありうるわけですね」

「森山君、そこまでは言ってませんよ。配転については組合と充分相談して決めることになっているんだし、そんなにナーバスになることはない」と、豊口が下山にかわって答えた。

造船所の塗装工などは摂氏四十度、五十度の船底で、塩化ナトリウムの錠剤をなめながら作業をつづけなければならない。下山の発言は、そうした焦熱地獄を想起させずにはおかなかったから、豊口はそれにあえて水をかけたつもりであった。それを受けて鈴木が発言した。

「この問題については継続審議ということにしたらどうですか。冷却期間をおいて、あらためてミニ経協で検討することにしませんか」

「そんな必要はありませんよ。時間の無駄です。とにかくコンピュータの外販事業は、可及的速やかに撤退するというのが会社の方針です。時間がないから次の議題に移りましょう」

下山は、強引に話を打ち切った。


森山の長い話はまだ終らない。

「組合の連中はみんなエキサイトしちゃって下山専務につかみかからんばかりにつめよる者もいましたが、僕はなだめ役にまわったんです。こっちには下心がありますからね。なんだか組合のみんなに背信行為をしているようで気がひけましたが、ミニ経協のあとで、いまさら会社とことを構えるわけにはいかないだろうって、話したんです。本部の連中もそこまでは考えていないらしく僕の意見に賛成のようでした。副委員の人たちはまだ門仲あたりでやけ酒を飲んでると思いますよ。銀行出身だからってわけでもないのでしょうが、もうすこし血のかよった言いかたができないものですかねぇ。あの人が将来社長になるようなことにでもなったら、IHIはどうなっちゃうんだろう」

「これで、われわれの進むべき方向ははっきりしたわけだ。気持もふっきれるだろう。いろいろご苦労さん」

「下山専務がミニ経協に出席すると約束した瞬間、こうなることは決まっていたといえるんじゃないですか。僕はそう確信してましたが、所長もそう読んでたんでしょう」

「ま、そんなところだろうな」

「いよいよ旗揚げですね」

「いや、まだ水面下の動きをつづけなければならない。一つ一つきちっと潰《つぶ》していかなければな。ほんとうは最後の最後まで会社に発覚しないに越したことはない」

「発覚なんて、なんだか悪事を働いているみたいじゃないですか」

森山は肩をすくめて、すねたような顔をした。

2

碓井が、相生営業所情報開発システムセンターの山根隆義に会ったのは三月三十日の昼前である。

相生営業所の外販グループのメンバーは約三十人だが、山根はグループリーダーの一人である。

相生駅発七時三十八分の「ひかり一三〇」に乗車して、定刻どおり十一時四十四分に東京駅に着いたが、ホームに降りるなり碓井に声をかけられて、山根は肝をつぶした。

「あっ、碓井さん！　びっくりしましたよ。ぼけっとしてたから……」

「驚かせて悪かったな」

「おでかけですか」

「いや。きみを迎えにきたんだ」

「まさか」

「ほんとうだ。めしを食おうか」

碓井は、山根に背中を見せてすたすたと歩きはじめた。

山根は、急ぎ足で碓井に追いつき、肩を並べた。

「どういうことですか」

「………」

「この列車に乗ってることがよくわかりましたね」

「相生に電話を入れて聞いたんだ。きみがきょう出張してくることはわかってたから、事務所の女の子に切符を予約させたことぐらい見当がつくよ」

「なるほど。しかし、碓井さんに駅まで出迎えてもらうなんて、あとが怖いですね」

「そのとおりだ」

碓井は、にこりともせずにこたえた。

山根は一瞬、足が止まり、うしろを歩いている中年の男に追突されそうになった。

二人は八重洲地下街に出た。

「なにを食べる?」

「こう驚かされたんじゃ、食欲もわいてきませんよ」

「スパゲティでいいか」

「けっこうです」

「旨《うま》い店があるんだ」

一月の下旬に古沢に初めて胸のうちをあかしたのも、この店だった。あれから二か月になる……。碓井は二か月前と同じ奥のテーブルに腰をおろした。

「さて、なにから話したらいいかな」

碓井は腕組みし、遠くを見るような眼をして、口をつぐんだ。山根はなにやら重苦しい気分になっている。

「なんか、胸がどきどきしてきましたよ」

「そう硬くなられると困るが、ミニ経協のことは聞いてるな」

「ええ。相生は中央の情報が入りにくいところですから、みんないらいらしています。ミニ経協のことぐらいは知ってますが、きょう中川室長に直接聞いてみたいと思ってました」

「ＩＨＩがコンピュータの外販事業から撤退することは事実だ。ずいぶん頑張ってきたつもりだが、ついに押し切られてしまった」

「われわれはどうなるんでしょうか」

「わからない」

「しかし、仕事をやりっぱなしにするわけにはいかんでしょう」

「どういう線の引きかたをするのか、ユーザーとの関係をどう考えるのか、具体的なことはなにもわかっていないが、撤退の方針だけははっきりしたわけだ」

「ひどい話ですね」

「時代に逆行している。森山から経協での下山専務とのやりとりを詳しく聞いたが、納得できんな。いまや重工業の時代ではない。情報産業のなんたるかがまるでわかっていないのだ」

「………」

「俺は会社をやめることに決めたよ。四月に辞表を出す」

「まさか」

山根は絶句した。

「コンピュータの外販事業を継続するとしたら、それしかないじゃないか」

ボンゴレのスパゲティが運ばれてきたが、山根はフォークをとる気になれなかった。やたら喉《のど》が渇き、水ばかり飲んでいる。碓井も食欲がないとみえ、半分ほど残してフォークを投げ出した。

「すこし食べないか」

「ええ」

山根は、フォークを手にしたが、いかにも口の中にスパゲティを押し込んでいる感じだった。

「コーヒーもらおうか」

「お願いします」

山根は大のコーヒー党で、一日に十杯はのむ。

碓井は、かつて相生で山根と苦楽を共にしたから、山根がコーヒーに眼がないことを知っていた。

「相生には優秀な連中がたくさんいる。俺につづいて、スピンアウトしてくれる者はおらんかなあ」

碓井がナプキンで口のまわりを拭《ふ》きながら言った。

山根はかぶりを振った。

「無理だと思います」

「いやにつれないじゃないか」

碓井は顔をしかめた。

「相生は、IHIの城下町ですし、隣保意識というか、ムラ意識の強いところです。IHIを飛び出すなんて考えられませんよ」

「ひとりもか」

「そう思います」

「山根自身はどうなんだ。外販事業から撤退するということは仕事を奪われることだが、それでいいのか。せっかくわれわれが育ててきた事業をこんなかたちで失ってしまっていいのか。この仕事に未練はないのか」

碓井に嚙《か》みつかれかねない勢いでたたみかけられて、山根は上体をのけぞらせた。

「碓井さんはむかし相生に転勤したことがあるから、わかると思いますが、相当特殊な町ですよ。IHIと結びつきのない人は、人口四万一千人の中に一人としていないと言っていいくらいです。もろもろのしがらみを考えると、とても……」

「たしかに、きみの言うとおりかもしれない。しかし、そんなことを言ったら、呉だって同じだよ」

「呉の情報システムセンターでスピンアウトする人がおるんですか」

「うん、名前はまだ勘弁してくれ。一人や二人ではない」

「呉と相生じゃ比較の対象になりませんよ」

「いや、呉だってIHIの城下町だ。相生と五十歩百歩だよ」

「あいおいとは、おなじ根から生え出て一緒に生まれ育つという意味があるそうですが、まったくいやらしいくらい保守的で妙な連帯意識の強いところです。呉とは比ぶべくもないと思いますね」

「そこまで退嬰《たいえい》的なのかね。男にとって生きがいとはなにかを考えたら、俺の考えに共鳴してくれる者が出てこないともかぎらないと思うな。自分の存在感が得られる仕事をやりたいと俺は思っている。それこそ男の生きがいじゃないか。少なくとも山根はわかってくれると思っている」

「とにかく自信ありません。私のことはともかく、相生からピックアップするなんて考えられませんよ。あまりにも現実離れしてます」

「いまから諦《あきら》めるやつがあるか。山根らしくないぞ。相生が退嬰的なら、それを変えるくらいの意気込みを見せてくれ。世の中は猛烈な勢いで動いてるんだ。もっと眼を見開いて見てほしい。相生がどうのこうのなんて、小さ過ぎないか。われわれは時代の最先端をゆく情報産業の担い手でもあるんだ」

「こんな重大なことを、いまこの場で返事をしろというほうが無理です」

「ということは脈があるということだな」

山根は、まぶしそうに碓井を見て、コーヒーカップに手をのばした。

「相生のことは山根にまかせるよ。だめならだめで仕方がない。しかし、万一相生からの参加が得られなくても、俺はやるつもりだ」

「私は、碓井さんが頑張ればひっくり返すことは可能だと思ってたんですがねぇ。IHIがコンピュータの外販事業を継続し、拡大均衡へ進むことがいちばん望ましいわけでしょう」

「二十五日のミニ経協がすべてだよ」

「きょうのことは、相生の連中に話していいですか」

「ちょっと考えさせてくれ。きみはいつまで東京におるんだ？」

「今週いっぱいおることになると思います」

「相生に帰るまでに返事をするよ」

「わかりました。それにしても碓井さんが会社をやめたら、みんなショックを受けますね。しかも碓井さんにつづいてスピンアウトしていく人がたくさんいるわけでしょう」

「八十人を目途にしている」

「八十人も」

「やるからには、IHIの外販事業を根こそぎ引き継ぐぐらいの気持がなけりゃあしょうがないだろう」

碓井は、呆気《あっけ》にとられている山根を睨《にら》みつけるような怖い顔でつづけた。

「山根は間違いなくついてきてくれると思うからいうが、あさって、四月一日の夜、新宿の伊勢丹《いせたん》裏のビルに主だった者が集まることになっている。気が向いたら来てくれ」

「もうそんな段階なんですか」

山根は大きな吐息をついた。

碓井は、残り少ないコーヒーをゆっくり飲んでから、言った。

「この店で古沢に話したのが最初だが、あれはたしか一月末だったから、二か月間たってるわけだ。まだ、相生の山根に聞こえていないところをみると、秘密は保たれたことになるな」

「青天の霹靂《へきれき》ですよ」

「古沢や森山も、みんなそうだ。この二か月は、ばかに短かった」

碓井はしみじみとした口調になっている。

「古沢さんや森山君は、賛成したんですか」

「積極的か消極的かはわからんが、そういうことになるんだろうな」

「………」

「山根に話す機会がなくて、あとまわしになってしまったが、山根は初めからカウントしていた。たのむぞ」

碓井にじっと見すえられて、山根はこわばった顔でうなずくしかなかった。催眠術にかかったような感じがしないでもない。

碓井は手帳のきれはしに地図と住所、電話番号を書いて、山根に手渡した。

「きょうの会議は何時からだ」

「二時からです」

「それじゃもう時間はないな」

「碓井さんは、会議に出ないんですか」

「ああ、俺は員数外だよ。恥をかかさんでくれ」

碓井は、苦笑しいしい言って腰をあげた。

3

新宿伊勢丹裏の雑居ビルはすぐに見つかった。七階建ての小汚いビルだ。

森山は三階まで階段を一気に駆けあがり、三〇七号室のドアの前で深呼吸した。胸のときめきは急いできたためばかりではない。古沢以外にどんな顔ぶれがそろうのか。三宅はまず間違いなさそうだが、ほかに誰と誰が来るのか。四、五人か、それとも七、八人か——。

いわば同志が一堂に会し、固めの杯を交わす日でもある。気持が沸きたたないほうがおかしい。

森山が碓井の電話を自席で受けたのは二日前、三月三十日の夕刻のことだ。

「あさって一日の夜、あけてもらえないか」

「いいですよ」

「みんなに集まってもらう。場所は伊勢丹裏の××ビル三階の三〇七号室。住所は新宿三丁目の××番地、電話は、三五二の五三××だ。六時から七時ぐらいまでに来てもらえればありがたい」

「わかりました」

「じゃあな」

一方的に電話は切れた。

所長席に眼をやると、デスクの上はきれいに片づいている。もちろん、碓井は不在だ。

森山は、交通公社の仕事で外出していることが多いから、碓井の動静はわからないが、ここのところほとんど席を外しているようだ。次の日、森山は早めに帰社したが、やはり碓井は不在だった。事業開発センターの同僚に碓井から電話が入るのではないかと耳をすましていたが、それらしき気配はなかった。

碓井の話し声が聞こえる。森山はドアをあけた瞬間、呆然《ぼうぜん》と立ちすくんだ。なんと盛大な拍手で迎えられたのである。

碓井、古沢、三宅、石岡がいる。井川も山崎も山田の間のびした長い顔もある。なんのことはない。本社事業開発センターのスタッフが全員顔をそろえ、そのうえ東京工場の野中と三浦、横浜の清水、今田、呉の高村、相生の山根まで。

拍手が鳴りやんだ。怪訝《けげん》な顔で森山が言った。

「いったいどういうことですか。驚かさないでくださいよ」

「びっくりさせて悪かった。ミニ経協のことを話してたんだ。三宅が、ノックの音がしたときに、下山専務をミニ経協へひっぱりだした功労者があらわれた、と言ったんだな。そしたら野中が手をたたきはじめた。そんな気はなかったんだが、俺も、拍手していたというわけだ」

碓井の話を聞いて状況が呑《の》み込めてくると、森山は柄にもなくじんとなった。

「さあ、全員そろった。俺が声をかけた十三人が一人残らず顔を出してくれた。山根は出張のついでがあったが、高村はわざわざ有給休暇をとって上京してくれた。みんな忙しいなかをありがとう。坐《すわ》ってくれ」

碓井は、一同に椅子をすすめながらソファに腰をおろした。

折りたたみ式のパイプ製の椅子が十脚、スチール製のデスクと回転椅子が四つずつ、ソファの三点セット、それにロッカーも四つそなえてある。築後三十年以上とおぼしき古いビルだから、煤《すす》けた感じはいかんともしがたく、ニスの匂いのするような真新しい三点セットとはいかにも不つりあいだ。

部屋の中を眺めまわしている森山に視線を向けながら碓井が説明した。

「この部屋は友達に頼んで六か月の約束で借りたんだ。その間に態勢を整え、ちゃんとした事務所を開設したいと思っている。机や椅子は、センスの問題はともかく張り込んだつもりだが、気にいらないか」

「いいえ。けっこうです」

「この一週間は眼がまわるほど忙しかった。昼あんどんといわれている俺にしては久しぶりに働いたような気がする。会社をサボってるんだから働いているもないか……」

碓井はみんなを笑わせたが、すぐに表情をひきしめた。

「二か月ほどの間、きみたちとひそかに対話をつづけてきたが、今夜、ここへ来た人は、俺の考え方に共鳴し、理解を示してくれた人たちばかりだと思う。横の連絡を禁じたのは、いつにかかって秘密を保持したかったからだが、さすが口の堅い人たちで百パーセント守られた。一応箝口令《かんこうれい》は今夜で解禁するが、ＩＨＩ社内での会話は厳禁してもらいたいし、家庭でも話さんようにしてほしい……」

「そんなの箝口令が解除されたとは言えませんよ。なんたってワイフに話せないのがいちばんつらいな」

三宅が首をねじって碓井から隣りの森山へ視線を移した。

「まったくだ」

「私はよくいままで我慢してたと思いますよ」

清水と野中が応じたが、碓井は「まだ、だめだ」と首を強く振ってつづけた。

「蟻の一穴で、堤防が決壊することだってあり得ないことではないのだから、もうすこし辛抱してくれないか。じつは俺もカミさんに話したくてうずうずしている。そのほうがどれほど気が楽かわからない。酒の飲めない俺が毎晩遅いから、家の中の空気は相当険悪だ。外に女でもつくったのではないか、と気をまわしているかもしれない。しかし、会社に辞表を出し、それが受理されるまでは家内に話さないことを心に誓った。きみたちの奥さんにはタイミングを見て俺が責任をもって説明する」

碓井は、水を飲んで三宅のほうへ視線を投げた。

「それとも、もう話しちゃったか」

「とんでもない」

「山崎はどうだ？　恋人に話したんじゃないのか」

「話してませんよ」

山崎はうつむけていた面《おもて》をあわててあげたが、どきんと心臓が音をたてたのを碓井に聞かれたのではないかと心配したほど激しく動揺していた。

「社宅の人はとくに注意してもらわなければならないな。われわれの計画がＩＨＩの上層部に聞こえたら確実に潰《つぶ》されると考えなければならない。横の連絡もこの部屋か、外でするようにしよう」

「せいぜい一、二か月の辛抱でしょう。もっとも私は女房に話せば家庭争議になることはわかっているから、むしろできるだけ先送りしたい心境ですよ」

古沢が冗談めかして言ったが、身につまされたとみえて、三宅が、

「うちは、ワイフよりワイフの母親のほうがめんどうですよ。亡くなった義父はＩＨＩの人間ですからねぇ」

とこぼした。野中が気をとりなおすように三宅の肩をたたきながら言った。

「外販事業から撤退すれば、われわれはどこへ飛ばされるかわからない。ＩＨＩから脱藩してよかったとみんなで話せるように頑張ろうじゃないか」

「そのとおりだ。八十人のシステム・エンジニアを確保したいと言ったら、みんなに眼を剝《む》かれたが、八十人の意味を考えてくれたか……。つまり失敗はゆるされないという

ことだ。これは、ゲームや、なんとかごっことはわけが違う。戦争であり闘いだと考えてほしい。ＩＨＩからシステム・エンジニアが八十人脱出すれば、ＩＨＩの外販事業は成り立たなくなるだろう。万一、ＩＨＩがわれわれの計画を察知して外販事業を継続したいと考えても継続できない数字がこの八十人なんだ。ＩＨＩのコンピュータ・システムの外販事業を根こそぎにするのが狙いで、それ以外のなにものでもない。そうなれば相対的にわれわれの計画は浮上することになる。ＩＨＩと袂《たもと》を分つ以上、古巣に弓を引くことになるのはやむを得ない。感傷は捨ててほしい。ロマンチシズムで事業はできないと思うんだ。いつの日かＩＨＩに残った連中とまた仕事を一緒にやることがあるかもしれないが、いまは、奪われつつある仕事を奪い返し、キープすることに全力投球すべきだと思う。乗るか反るか、食うか食われるかだ」

碓井はひと息ついて煙草をくわえたとき、コーヒーの出前がとどいた。

「八時に鮨《すし》がくるはずだ。これでもずいぶん気を使ったつもりだが、肝心の茶の用意を忘れてしまった。吸い物をつけてもらったから、鮨が喉《のど》を通らんということはないと思うが……」

「もっと肝心なものを忘れてませんか」

「まだなにかあるか」

「これですよ」

森山が酒を飲む真似をしてつづけた。

「固めの杯です」

「それも気がつかなかった。どうしてもという人は帰りにそのへんで一杯やってくれ。伝票は俺にまわしてくれればいい」

コーヒーを一口すすって三宅が言った。

「しかし、八十人というのは気の遠くなるような数ですね」

「俺はかならずしもそうは思わんな。ここに十四人いるが、一人の落伍者《らくごしゃ》も出さずに脱藩することができたらどうなる。それじゃなくても外販事業が無くなるわけだから、後へつづくものがいないなどということが考えられるか。十四人が結束すれば八十人ぐらいはなんでもないと俺は思う。一人が六人連れてくることができれば、それで八十人は軽くオーバーしてしまうぞ」

「僕も、初めは途方もない数だと思いましたが、今夜ここへ来て、いけると確信しました。まさかこんなにたくさん集まるとは想像だにしませんでしたからね。所長の求心力に脱帽します。考えてみれば、少なくとも東京本社の情報システム室の事業開発センターがある日忽然《こつぜん》として消えてしまうんですから、凄《すご》いじゃないですか。昭和五十六年の四月一日という日は、一生忘れられない日になると思いますね。やっぱりこれは快挙ですよ。乾杯せずにいられますか」

「うわばみの森山は、最後のせりふが言いたいために、俺に求心力があるとかなんとか持ち上げたが、古くさいようだけれど天の時、地の利、人の和に恵まれたということじゃないかと思う。これはことが成就して初めて言えることだが、必ず成功する。俺はほどほどにツイているからな。この一、二年仕事らしい仕事もせずに、きみたちに支えられてきたが、俺はその借りを返すチャンスだと思っているんだ。ＩＨＩのバカ専務は、外販事業から撤退するということの意味がわかっていない。われわれが多大なエネルギーと時間をかけて培ってきたユーザーとの相互信頼関係をぶちこわすようなことが平気でできる神経は、俺にはどうしても理解できない。ユーザーとの信頼関係をわれわれの手で守っていく。なぜ俺が大義名分に拘泥したかわかってもらえると思うが、ユーザーのバックアップが得られなければ、成功はおぼつかないからだ」

「その点は自信があります。ここにいる者は全員一騎当千のシステム・エンジニアです。ユーザーに対する食い込みかたは、ＩＨＩの看板が外れたとしても、まったく問題はないと思います」

野中の話を清水が引き取った。

「全員プロですから、どこへ出しても通用します。われわれの計画が挫折《ざせつ》したって、食いっぱぐれはありませんよ。うぬぼれではなく、確実にトップレベルの技術力を身につけていると思います。どこへだってもぐり込めますよ」

鮨をつまみながらの雑談になってから今田が言った。

「ミニ経協のあとの電算部門の動揺はひどいものですよ。みんなやる気をなくしちゃって、どう対応したらいいのかとまどっています」

「横浜にかぎりませんよ。東京工場でもみんなやけ酒ばかり飲んでます」

「呉も同じです。情報システムセンターの杉本所長は、われわれ部下にどうなっているのか、どうなるのかしつこく訊《き》かれて往生してます」


高村が三浦に同調している。

碓井が口の中の干瓢《かんぴょう》巻きを吸い物と一緒に嚥下《えんか》して言った。

「杉本に訊いたって答えようがないだろう。みんなに言い忘れたが、杉本にはなにがなんでも参加してもらいたいと思っている。ほんとうは、きょう上京してもらうべきだったのだが、杉本とはじっくり話したいので、土曜日に呉へ行ってくる」

「私も、てっきり杉本所長はここにあらわれると思ってました。だって碓井所長とは兄弟みたいな仲じゃないですか」

高村の口調には咎《とが》めるようなひびきがともなっている。

「兄弟ということはないが、杉本は地元の小学校で一級下だったから子供のころからのつきあいで永い仲だ」

「私も進言したいと思っていたんですが、杉本さんの手堅さはどうしても欠かせませんね。所長は私なんかに話す前にいの一番に杉本さんに相談すべきだったんです」

「古沢に言われるまでもなく、それは俺も考えた。しかし、杉本に反対されて、逆に説き伏せられてしまう恐れもある。あいつには外堀を埋めてからぶつかったほうがいいと思ったんだ。首に荒縄をつけてでも必ずひっぱってくるから安心してくれ」

食事が終ったあとで、碓井が言った。

「俺は四月二十日付で辞表を出す……」

私語がやんで部屋の中は水を打ったように静まりかえった。

「俺が慰留される心配は百パーセントないと思う。しかし、諸君らはそうはいかんだろう。そこで、各自退職の理由付けを慎重に考えてもらいたいが、未練ありげなぐずぐずした態度を見せてはならんぞ。そこを衝《つ》かれたら収拾がつかなくなる。決然とした態度で辞表を出してほしい。スケジュール表を作って、適当なインターバルをおいて辞表を出すようにしよう。社宅に住んでいる者は、まず第一に引っ越しを考えなければならない。その資金は俺が捻出《ねんしゅつ》するが、住宅ローンを会社から借りてる者もいるだろうから、さしあたっていくらあれば足りるのかあとで言ってくれ」

碓井は、断定的な調子で言ったが、引っ越しとか住宅ローンなどとごく現実的な話になったせいで、みんな深刻な顔で押し黙ってしまった。

「そんなに心配することはないぞ。じつは、先週ある会社のオーナー社長と話したんだが、一億ほど融資してもらえることになった。カネの心配は俺にまかせてくれ」

「さっきの話にもどりますが、ここにいる十四人が先にやめなくてもいいんじゃないですか」

三宅の表情にはホッとした思いが出ている。

「僕も三宅さんの意見に賛成です。僕は、さしあたりスカウト業というのか追い出すほうにまわって、できるだけあとから出たほうがいいと思ってるんです」

「たしかに森山君は経協委員だから、そのメリットをフルに活《い》かすべきかもしれないな」

野中のあとに、古沢がつづいて発言した。

「野中君と私はしんがりをつとめたほうがいいかもしれませんね。仕事量を確保することが先決だから、ユーザー対策は綿密にやる必要があると思うんです。どこまでがIHIの仕事で、どこからがわれわれの仕事になるのか線を引かなければならんわけですから」

「そのとおりだ。さしあたりの分担を決めよう。杉本と俺は資金計画を担当する……」

あっけにとられたような森山の顔を見すえながら碓井が話をつづけた。

「杉本はかならず来てくれるよ。いまさらなんて言えた義理か。それで、清水と三宅はスケジュール表をたのむ。ユーザー対策は古沢と野中だが、これには全員が協力する必要があるな。それと全員がスカウト業を兼ねることになるぞ。これといった人間がいたら必ず声をかけろ。ただし秘密保持ができないようなやつは、初めから資格はないがね」

「あしたにでも、その第一号をここへ連れてきてお目にかけますよ」

森山が鼻をうごめかして言った。

三宅が森山の顔をのぞき込んだ。

「誰のこと」

「なんなら一号から四号まで並べてもいいですよ。電算システム部門の経協副委員は、みんな僕の息がかかった者ばかりです。藤田に今泉、渡辺、畑山の四人です」

「なるほど。さすがはスカウト部長だけのことはある」

野中が真面目な顔で言った。

碓井は、腕組みしてみんなの話を聞いていた。これから先どんな難題が待ち受けているか予想はつかないが、十四人が顔をそろえた第一ラウンドはまず成功といえるだろう。あとは、前進あるのみだ。フォローつづきの順風満帆の航海だけなら問題はないが、アゲンストの強風にあおられることもあるに違いない。

だが、引き返せないことだけははっきりしている。

十時近くにビルの管理人が様子を見にやって来たのをしおに、ＩＨＩからの脱藩を志すシステム・エンジニアたちは雑居ビルの一室から出て行った。

碓井、古沢、山根の三人が残り、ソファに集まった。

「よく来てくれたな」

碓井が山根の肩をたたき、向い側の古沢に話しかけた。

「山根は間一髪すべり込みセーフみたいなものなんだ。古沢が出張の機会をつくってくれなかったら、きょうの集まりには間に合わなかったよ」

「えっ、それじゃあこの二、三日のうちに話したんですか」

「一昨日《おととい》の昼ですよ。東京駅の新幹線ホームで拉致《らち》されたんです」

碓井にかわって山根がこたえた。碓井はにやにやしている。

「へーえ。それにしてもよく来たなあ。わずか三日間でふん切れたの」

古沢は感に堪えないような声を発した。

「狐につままれたような感じです。はっきりいって、気持の整理はついてません。あるいは怖いものみたさみたいな感じでふらふらやって来たのかもしれないし、これからが本番というか、思いわずらうんじゃないでしょうか」

「きみだけじゃないよ。誰だってまだ半信半疑みたいなところがあるのさ。だんだん気持を固めていけばいいんじゃないのかな」

「この期におよんで古沢までそんなことをいってちゃあ困るじゃないか」

碓井が笑いながら言って、ソファから腰を浮かしかけた。

「ちょっと待ってください」

古沢が碓井を押しとどめて、つづけた。

「杉本さんには、まったく話してないんですか」

「うむ。やはり心配か」

「ええ。あとから聞いて気を悪くすることはないでしょうか」

「あいつは、そんなに尻《けつ》の穴の小さい男じゃないよ。俺流にストレートにぶつかればいいと思っている」

「あなたを除いて、管理能力となるとお寒いかぎりですからね。まして会社をつくるなんて話は、聞いただけで頭が痛くなるような連中ばかりです」

「俺だって杉本が一枚落ちたら大変だと思ってるさ。あいつは、子会社へ出向して会社づくりの経験もあるし、財務、経理のベテランだから、いるといないでは大違いだ。コンピュータについても精通しているし、杉本が参加すれば、呉の連中がぞろぞろついてくるだろうな」

「それがわかっていて、声をかけるのがあとまわしになったのは解せませんね」

「そういうな。俺なりの布石はちゃんと打ってるつもりだ」

古沢は、いかにも釈然としないといいたげに、眉《まゆ》を寄せて煙草をふかしていたが、ふっとなにかを思い出したように顔をあげた。

「一億円の融資者がいる、というのは事実ですか」

「もちろん。呉の呉興産の福田社長だ。しかし、ここだけの話にしてくれよ。ＩＨＩの有力な下請会社だから、これが表沙汰《おもてざた》になったらＩＨＩとは取引停止どころではないだろう。まだ誰にも話したくなかったんだが、きみらだけには耳に入れておく」

「よけいなことを訊いて申し訳ありません。聞かなかったことにします」

「金曜日に呉で福田社長にお会いすることになっている。その土産を持って、杉本の家に乗り込むつもりだ」

碓井は、ソファから起《た》ち上がった。古沢には精悍《せいかん》な碓井の顔が疲れを知らぬ者のように輝いて見える。

4

酒の飲めない碓井はまっすぐ家に帰ったが、古沢と山根は連れ立って新宿駅近くの飲み屋の暖簾《のれん》をくぐった。二人はかつて相生工場で机を並べた仲である。山根は古沢より三年後輩で三十九歳になる。

「一昨日と昨日は、神田のビジネスホテルに泊まったんですが、ふだんは寝つきのいいのが自慢なのに、なかなか眠れないんです。碓井さんに怒鳴られてる夢でうなされたり、すっかりコンディションを狂わされてしまいましたよ」

「僕だって二か月前に、それと同じ症状に悩まされて、いまだにつづいてるよ。ウスイなんとか症候群とでもいうのかね」

古沢はビール瓶を山根のコップに傾けながら言った。

山根が古沢からビール瓶を手もとへひきよせて、酌をした。

「とにかく乾杯」

「いただきます」

二人はコップを触れ合わせた。もう十一時に近いが、飲み屋はけっこう混んでいた。二人が坐《すわ》っているカウンターの前は窮屈なくらいだ。

「古沢さんの本当の気持を聞かせてくださいよ」

「…………」

「あなたも相生の出身だからわかると思いますが、相生営業所からスピンアウトする者がいると思いますか」

「むずかしいだろうな。俺だって正直なところ、どうなるかわからんよ。ただし、碓井さんには協力したいと思ってる」

「つまり、閣外協力ってわけですか」

「閣外か閣内か決めていない」

「古沢さんは奥さんも、あなた自身のお父さんもＩＨＩの人だし、相生とは縁の深い人だから、とっても無理でしょうね。碓井さんから古沢さんが賛成したと聞いたとき、にわかには信じられませんでした」

「賛成したおぼえはないけど、さりとて反対したかといわれると返事のしようがない。ただし、碓井さんの考えはよくわかるし、これから先どんなふうに展開していくのか皆目わからんが、全力で碓井さんを応援したい。俺自身の去就を決めるのは、いまじゃなくていいと思ってるよ」

「しかし、そんな器用なことができますかねぇ。碓井さんも言ってましたが、いわば乗るか反るかの一大事に、半身に構えてられますか。かりに古沢さんがＩＨＩに残るとしたら、碓井さんに協力するということはＩＨＩに対しては背任ですよね」

「そうともかぎらんさ。ＩＨＩが外販事業から撤退することは動かせないわけだから、協力の仕方はいろいろあると思う。もっといえばＩＨＩから、ウスイカンパニーにうまく橋渡しするのが僕の役目じゃないか。そんな気がしている」

山根は釈然としないといいたげに、首をひねりながら揚げだし豆腐を箸《はし》でつついている。

「私は、碓井さんから話を聞いたとき、相生からスピンアウトする者はおらんでしょう、とこたえましたが、その見通しは間違ってないと思います。ヘタに強行したら血の雨が降るようなことだって起こりうるんじゃないですか」

「そこまではどうかな。しかし、ひじょうにむずかしいことだけはたしかだな。ただな あ、碓井という男の魅力は、ちょっとやそっとのものじゃないからね。若い人たちがどう反応するかわからんぞ。碓井さんの先見性というのか、予見性というのか、とにかく敵は見通しがきくからな」

「だから、こっちもつらいんですよ」

山根は、切なそうに両手で頭をかかえ込んだ。

「お互いに当分眠れない夜がつづきそうだな」

「まったくですね。私は今年六月で不惑ですが、こんな難題をつきつけられて、惑いに惑わされるとは思いもよりませんでしたよ」

「さしずめ僕は厄年というわけか」

二人とも、なにやら気を滅入《めい》らせて、まずそうにビールを飲んでいる。

「ＩＨＩの上層部はどうかしてますよ」

「うん。まったく理解できないね」

「下山専務の暴走に誰もブレーキをかけられなかったんでしょうか。いくら第一勧銀をバックにしているっていっても、ＩＨＩは銀行に管理されてるわけではないでしょう。五十三年と四年の二期連続赤字で銀行との力関係がおかしくなったことはあるでしょうが、それにしたって、銀行出身の役員の跳梁跋扈《ちょうりょうばっこ》を誰もチェックできないなんて情けないじゃないですか」

「……………」

「それと、部長、室長クラスの腰抜けぶりには愛想がつきますよ。さぞ上のほうの顔色ばかり見てたんでしょうね。部長、室長クラスが束になって、それこそ躰《からだ》を張って下山専務に立ち向かっていたら、外販事業の撤退なんて下策は潰《つぶ》せたはずなんです。ほんとうに嘆かわしいというか、腹が立ちます」

山根は、話しているうちに興奮して、地だんだ踏んだ。じっさい、そのへんのものを蹴《け》とばすか、投げつけたいような心境だった。

「真藤さんがＩＨＩに会長としてとどまっていてくれたら、コンピュータの外販事業の撤退を認めたでしょうか」

「死んだ子の歳を数えるようなことをいってもはじまらんが、こういう愚劣な発想は出てこなかったろうな。上のほうから外販事業をやめたいといわれたとき、みんな真藤さんを懐しがった。とくに碓井さんはそうだったと思う」

「なんでおやめになったんですか。せめて取締役相談役にとどまって影響力を行使できなかったんでしょうか」

「雲の上のことは、わからないが、経営責任をとらされたということだろうな」

真藤恒が石川島播磨重工業の社長を退任したのは昭和五十四年四月である。同年三月期決算でＩＨＩは経常段階で約百億円の赤字を余儀なくされた。造船不況は、ＩＨＩにかぎらず数多《あまた》の造船会社を深刻な経営難に直面させたが、ＩＨＩは拡大積極策をとりつづけてきただけに、より深刻だった。

真藤は、社内の強い意向を汲《く》んで、会長としてとどまる腹を固めていたが、会長の田口連三は相談役に退くことを拒否し、あまつさえ真藤に退任を迫ったと伝えられている。田口と真藤はともに土光敏夫《どこうとしお》に育てられ一時代を画した個性派の経営者として知られているが、経営責任をめぐる確執は、抗争劇にまで発展し、土光裁定によって両人ともＩＨＩの経営から全面的に身を引くことになったのである。

喧嘩《けんか》両成敗のかたちだが、あのとき田口が我を張らずに相談役に退いていたら……という思いは古沢や山根のみならず多くのＩＨＩマンに共通しているのではあるまいか。

「ホテル、リザーブしているのかい？」

腕時計を見ながら古沢が訊《き》いた。

十二時近くになって、いつの間にか店は客が少なくなっていた。

「いや。このへんでさがします。どこだって空いてるでしょう」

「よかったら僕の家に来ないか。横浜だから近くはないが、タクシーなら一時間はかからないよ」

「こんな時間に、奥さんが迷惑します」

「ただ寝るだけじゃないか。まだ話したりないし、だいいち寝られやせんだろう」

「…………」

「さあ、行こう」

古沢はカウンターを離れ、レジに向かっていた。

タクシーの中で古沢が訊いた。

「きみ、相生に帰ったら、まず誰に話すつもりだ」

「決めてません」

「清水君に話したらどうだ」

清水博之は、古沢の一年後輩で山根と同じ相生営業所情報システムセンターのグループリーダーの一人だが、古沢とは気心の知れた間柄である。

「清水さんは同僚、部下を立ててくれる人ですけど、色をなして反対するでしょうね」

「さあ、どうかな。おとなしそうな顔をしてるけど、あれでけっこうきかん気なところもあるんだよ。一か月ほど前かな、東京へ出張してきたときにちょっと話したんだが、こんどのことでは会社のやり方を相当怒ってたな。とにかく一度相談してみたらどうだ」

「ええ。清水さんとはしょっちゅう話してますから、会社の方針に悲憤慷慨《こうがい》してたことは知ってますけれど、IHIを脱藩する話に乗ってくるとは思えませんねぇ」

「常識的にはそのとおりだが、なにか意見を持ってるかもしれないよ。清水君は、碓井さんとは仕事のうえで接触したことはないし、個人的なつきあいもないから、碓井さんからも直接声をかけられることはなかったが、僕だったら絶対に誘うだろうな。相生の連中の気持もつかんでるらしいし……」

「古沢さんは、やっぱり碓井さんの参謀なんですね」

「そんなことはないが、碓井さんはもう走り出してるんだ。だとしたら完走してもらいたいじゃないか」

タクシーは、首都高速道路の横羽線を走っている。

「きょうの顔ぶれをみて、あらためて碓井さんの吸引力に脱帽しましたよ。森山君が求心力と表現してたけど、凄《すご》い人ですよね」

「東京と横浜のメンバーはおよそ察しはついていたが、呉の高村君や相生のきみまで来てるとは思わなかったなあ。しかも、きみは二日前に初めて聞かされたっていうんだから驚くじゃないか」

「新幹線の切符を手配してくれた相生情報開発システムセンターの女の子に電話で、私が何号車に乗ってるかまで確認したらしいんですが、集中力っていうんですかね、熱意っていうんですか、たじたじとなりますね」

「しかし、その女の子もよくおぼえてたね。何号車まではなかなかおぼえてないもんだよ」

「そういえばそうですね。それにしても八十人なんてスケールは、いくら碓井さんでも背伸びのし過ぎじゃないですか。誇大妄想狂とはあえていいませんけど」

「それを聞いたとき、僕もびっくりした。この人、正気かと思わないでもなかったが、森山君も言ってたけどきょうの顔ぶれを見ると、あながちあり得ないことではないような気がしてくるなあ」

「私は、せいぜいその半分だと思いますねぇ。見ててごらんなさい。いざとなったらみんなヘジテートしますから。ＩＨＩは痩《や》せても枯れても一流会社だし、ま、不沈戦艦といっていいですよね。戦艦から、いつなんどき転覆するかわからないボートに乗り移るんですから……」

「だが、このボートはとてつもない高速艇で、戦艦にない魅力をたくさんもってるからな」

　その夜、古沢と山根は三時過ぎまで話し合ったが、両人ともＩＨＩから脱藩する決心はついていなかった。

5

山崎は、森山たちから一杯つきあえと誘われたが、断わって新宿駅へ急いだ。電話ボックスへ入るときあたりに眼をやったのは、いくぶんうしろめたいような気持になっていたからだ。

「山崎ですが、夜分恐縮です。佳子《よしこ》さん、お願いしたいのですが……」

「いやあねぇ。私よ。声でわからないの」

「ああ、きみか。いまから会えないかなあ」

「なにいってるの。十時に近いのよ。こんな時間に外出できるわけがないじゃない」

「そうか。もうそんな時間か」

山崎は、時間を確認するとバツが悪くなって言いなおした。

「いまのは冗談だよ。急にきみの声が聞きたくなったんだ」

「どうしたのよ。変なひとねぇ」

まんざらでもなさそうに佳子はクスクス笑っている。

「そういうことってあるさ。それからちょっと言っておきたいことがあるんだ。こないだIHIから独立するって話をしたけれど誰かにしゃべっちゃった?」

「……………」

「誰にも話してもらいたくないんだ」

「でも父に話したわよ」

「内緒にしてくれってたのんだのに、困るなあ」

「でも、そういうわけにはいかないわ。あたしたち秋に結婚するのよ。話すのが当然じゃない。それに、父はＩＨＩの社員なんですから、ほかの人とはちがうわ」

「それでお父さんなんて言ってた？」

「絶対反対ですって、あなたに話したいって言ってたわよ。碓井さんて、会社であんまり評判がよくないみたいじゃない。そんな人と一緒に会社をやめて大丈夫かしら」

「お父さんは東京工場の人だから碓井さんのことがわかるわけがない。きみは本社にいるんだから、碓井さんがどんな人かわかりそうなものだがなあ。評判が悪いなんてとんでもないよ」

「四階のことは、ぜんぜんわからないから、いいも悪いもないわ」

山崎は当惑した。佳子の父親から話がひろがらないうちに歯止めをかけるにはどうすべきなのか。ともかく、あす中に父親に会わなければならない。

「あしたの夜、お宅にお邪魔したいと思ってるんだけどお父さんの都合どうかしら」

「ちょっと待って、まだ起きてるみたいだから聞いてくる」

ことっと受話器を置く音が聞こえた。

石川島播磨重工業の本社機能のほとんどは新大手町ビルの八階と九階のフロアにある

が、情報システム部門は四階にあった。相沢佳子は経理部に所属している。短大出のOLで、入社五年目だから二十五歳である。山崎とはテニス部のサークル活動を通じて知り合った仲だ。

それにしても迂闊《うかつ》だった。佳子に話すべきではなかった、と山崎は後悔した。さっそく父親から反対の意向を突きつけられるとは……。しかも、碓井に対して否定的な見方を示している。十円硬貨を電話ボックスに落しながら、「まいったなあ」と山崎はひとりごちた。

「もしもし、いいそうよ。何時ごろになるかしら」

「七時ごろには行けると思う」

「それじゃ、ごはん食べないで来てね。それとも一緒に会社を出ます？」

「いいよ。じゃあ、おやすみなさい」

山崎は、「まいった、まいった」とつぶやきながら雑踏の中を歩いた。このまま三鷹の碓井のマンションへ直行して、すべてをぶちまけて、指示を仰ぐべきだろうかとも考えてみたが、相沢佳子の父親から話が拡散するとはかぎらないし、豊洲《とよす》にある東京工場で現場の課長をしている父親が意図的な動きをするとも思えない。口止めしたうえで考えようと結論した。

だが、あくる日の夜、相沢と会って、あらためて絶対反対を表明されて、山崎はうろたえた。相沢は、他言していないし、そのつもりもない、と言ったが、山崎の退職について強く反対し、口をきわめて碓井の姿勢を非難したところをみると、大丈夫だろうかと首をひねりたくなる。相沢は骨の髄までＩＨＩマンで、

「きみがＩＨＩの社員だから娘を嫁がせる気になったが、ＩＨＩをやめるんならそうはいかない」

と頑固に言いはった。

「碓井さんも、きみもとんだ心得ちがいをしている。情報システム事業を軌道に乗せた功労者であることは認めるが、ＩＨＩにいたからこそできたことで、ＩＨＩがきみたちシステム・エンジニアを育てたんだ。ＩＨＩを裏切るような行為がよくとれるね」

と言いつのられて、山崎は外販事業から撤退することの危機感を訴えもしたし、碓井の人となりについて懸命に弁護を試みてもみたが、所詮《しょせん》すれちがいの議論で、交わるわけがなかった。

6

碓井が杉本と会ったのは四月四日の夜である。杉本は呉工場の情報開発システムセンター所長の肩書が示すとおり本社の碓井と同格で、コンピュータ・システムに関する外販事業を本社の事業開発センターと連繫《れんけい》をとりながら推進する立場にあった。碓井は、呉の旅館に杉本を呼び出してさしで話した。

「古沢に叱られたよ。真っ先に話さなきゃあならん人をあとまわしにするとはなにごとだと」

「あと先はどうでもいいがあ、わしも、会社のやり方には危機感を持っとる。スピンアウトしたらどうなるかわしなりにサーベイしたことも事実じゃけんのう」

「つまり俺と同じようなことを考えたわけじゃね。それじゃあ話は早いがあ」

「……………」

杉本は童顔を切なそうにゆがめて、碓井を見やった。

「それが反対なんじゃあ。ゆうべ高村が来て、あした碓井さんに会うんじゃろう言うとったから、手ぐすね引いて待っとった」

「なんじゃ、わかっとったのか。高村のやつ……」

「そうじゃ。早まったことしてくれるな。IHIからの独立はいけんと反対するつもりじゃった。碓井さん、どう計算してもむずかしいがあ。外販事業続けること考えたほうが得じゃと思うがのう」

「それができるくらいなら世話ないわのう。ミニ経協のこと聞いとらんのか？」

もったりした杉本の調子がまだるっこいのか碓井の声がとがった。

杉本は、グラスをほして、手酌でビールを注いでいる。

「これぐらいのことで引き下がるとは、碓井さんらしゅうないのう」

「外販事業をつづけられる手だてがあったら教えてほしいわ」

「真藤さんから生方社長に話してもらうのはどうじゃろうのう。電電公社の総裁じゃから、IHIに籍はないが、古巣を思う気持は変っとらんじゃろう。生方社長ちゅう人は公平な人じゃから、聞く耳持たんちゅうことはなかろうがのう」

「真藤さんは動かんじゃろう。万一やってくれたとしても、逆効果じゃろうね。担当の下山専務にすべてをまかしている生方さんにしてみれば、真藤さんに動かれるのは迷惑千万なことじゃろうが。真藤さんの心情を考えたら、こんなことを頼めると思うか！」

　碓井は思わず掌《てのひら》でテーブルをたたいていた。グラスは杉本の手にあったので被害はなかったが、ティーカップとスプーンが受皿の上でとんでもなく大きな音をたてた。

「のう、碓井さん、ことがことじゃから、真藤さんに当たってみる価値があるんじゃないかのう」

「それはないじゃろう。サーベイしたというなら、反対の根拠を言うてみい」

「まず第一にマルじゃ。先立つものがなかったら、どうにもならんじゃろ。あんたは何人でやるつもりか知らんが中途半端な規模じゃったら、IHIに潰《つぶ》されてしまうがのう。IHIで外販事業をつづけるのが理想じゃが、それがいけんことになっても、IHIには全国に六十の事業所がある。なんとか吸収できるじゃろう。人員の合理化までは考えとらんはずじゃがのう」

「すこし俺の話を黙って聞いてくれ」

　碓井は水差しの水をグラスに注いで、くうっと喉《のど》へ流し込んだ。

「俺が考えとるソフトウエア・テクノロジー集団の規模は八十人以上で、八十人以下ちゅうことはない。すでに杉本を含めて十五人が計画に加わることになっとる。十五人のリストはここにある」

碓井は、スーツの内ポケットから葉書大のノートを取り出し、はさんであったメモをテーブルにひろげた。杉本はメモを手にとって眼を走らせ、小さくうなずいた。

「十五人が結束すりゃあ、それだけで相当な勢力になるが、これで満足しとったら、IHIに押し潰されてしまうじゃろう。十五人が中核になって残り六十五人のシステム・エンジニアを集めることはそうむずかしいことではないと俺は思っとる」

「わしはそうたやすいことじゃとは思わんがのう。そがんことは百歩ゆずって可能としても、これはどうなる？」

杉本は、右手の親指と人差し指をまるめて訊《き》いた。

「昨夜、こっちへ着いて呉興産の福田社長とめしを食ったが、一億円の融資は確約してもらえた。きょうは、どうしてもゴルフをやろういうてきかないからつきおうたんじゃ、クラブもシューズも借りものにしては、四二と四三だからまあまあのスコアじゃった。これとスラックスだけは買《こ》うたんじゃ」

碓井はブルーのゴルフウエアの胸のあたりをひっぱるような仕ぐさでつまみあげた。

杉本の表情の微妙な変化が読みとれ、碓井はいくらか気分が明るくなっていた。

「一億円は百万の援軍にも等しいが、八十人じゃとすると運転資金を含めてざっと三億円は必要じゃろうのう。資金ショートがいちばんつらいんじゃ。担保能力はゼロじゃろうから銀行の信用がつくまでの運転資金は余裕をもたせにゃあいけん」

「福田社長にもひらきなおって、私が担保じゃあいうてやった。碓井ちゅう男を信用してくれと。それでOKよ。あと二億円集めてみせるわ。杉本、結局信用じゃろうが。コンピュータ・ユーザーの信頼をそこなわないかぎり、わしらの仕事は成功すると俺は思うとる」

杉本は、テーブルに肘《ひじ》をついて、両掌《りょうて》に顔を乗せるような恰好《かっこう》でじっと考え込んでいる。

「俺は、杉本がイエスというてくれるまでこの旅館に籠城《ろうじょう》するつもりじゃあ」

「冗談じゃない。一日や二日で返事しろちゅうても無茶じゃあのう」

「みんな杉本を待っとる。古沢も野中も三宅も、今田も森山も。おまえの力が必要なんじゃあ」

食事の間も、午前一時、二時になっても碓井はものに憑《つ》かれたように滔々《とうとう》と弁じたてた。十数年前、社内事務部門のシステム化に取り組み、そして外販事業へと発展していくまでの回顧も含めて、話は尽きることがなかった。

「経理屋の杉本がコンピュータに興味をもっとるとは思わんかったがあ。算盤《そろばん》しか信じないおまえが視野の狭い経理屋で終ってしまうのはやりきれんいうて、コンピュータ部門への配属願いを申し出たときはびっくりしたよ。さすがは算盤の神様だけのことはある。システム・エンジニアとしてたちまち頭角をあらわしてしもうた。おまえも俺も、凝り性いうんか、のめり込んだら、ほかのことは眼に入らんようなところがある。コンピュータは俺たちの性にあっとったんじゃ。ソフトがおもしろいように開発できる。真藤のおやじが、またよう俺たちの好き勝手をやらせてくれた。おまえおぼえとるか、相生の大講堂で、おやじとわしがつかみあわんばかりの大激論をやったことを。あのときは、クビを洗う心境になったのう。上の連中にはやり過ぎだと怒られるしのう」

「あんたは、言い出しよったら止まらんからのう」

「考えてみれば、おやじとの関係はあのときからじゃあ」

「真藤さんに、この話で判断を求めたらどういうことになるんじゃろうのう」

杉本がぼそっと言った。

「反対するに決まっとる。真藤のおやじに話はできん」

「あんたと真藤さんの関係で、話さんかったら、かえって不自然じゃろうがあ」

「おやじとは、紐帯《ちゅうたい》いうか、もっと精神的な結びつきなんじゃあ。生ぐさい話はしたくないんじゃあ」

「それはおかしい。これほど重大な問題で相談せんで、なにが紐帯じゃあ、生ぐさい問題とはちがうがのう」

「考えとらん」

碓井は、杉本にずけずけ言われてむかっ腹だった。真藤に相談したい、と思う気持がないといえば嘘になる。しかし、結果は明白である。聞いてしまったら反対せざるを得ない。それが真藤の立場だ。

杉本が真藤に判断を求めるべきだ、と執拗《しつよう》に迫るのはＩＨＩに反旗をひるがえすことを思いとどまらせたいと考えているからに決まっているが、助走の段階はとうに過ぎ、全力疾走に入り、あとはまっしぐらにひた走るだけなのだ。止められるわけがない、と碓井は思う。

だが、杉本はねばった。

「真藤さんに話さんかったら、あとで悔いが残らんか。いや、真藤さんがあんたの情熱に負けて〝わかった。しっかりやれ〟と言うてくれる可能性はある、とわしは思うとる。そのことの意味は大きいじゃろうのう。それこそ精神的にもはかりしれないほどのバックアップになる。碓井さんだけじゃないじゃろが、みんなの励みになるとは思わんかのう」

「杉本、おまえの狙いはわかっとる。もうやめとけ。なんと言われようとそのつもりはない」

碓井は、口もとに微笑をにじませている。

杉本は渋面をぷいと横に向けた。

「へんに勘ぐらんでほしいのう。わしは、これでも碓井さんと真藤さんの仲を大事に考えとるつもりじゃけん」

「それなら、なおさらのこと、もうなにも言うな」

「強情なひとじゃのう。あんたというひとは……」

「杉本もひとのことは言えんがのう」

「わしがスピンアウトせん言うても、あんたはやるじゃろうのう」

「ああ、仕方ない」

碓井は一瞬、世をはかなんだような顔をした。

沈黙が流れた。碓井は煙草をくわえたが、いちど吸い込んだだけで、すぐに火を消した。

「杉本は、必ず一緒にやるよ。おれたちを裏切れるわけがないじゃろう」

「わしが加わらんことが裏切ることになるとは思わんが、スピンアウトせんでもIHIをやめることはあり得るかもしれんがのう。また、コンピュータの世界から算盤の世界に逆戻りしてもええ思うとる。算盤はすたれんものじゃあ。女房のやっとる塾はけっこう繁盛しとる。わしは塾を手伝うてもええんじゃけんのう」

「杉本は算盤十段じゃから、算盤でめしを食えることはわかっとるが、そんな退嬰《たいえい》的なことというのはまだ早いがのう」

「…………」

「おれは、二十日に辞表を出す」

碓井は、決然と言って、また煙草に火をつけた。

第三章　出会い

1

真藤恒との出会いがなかったら、今日の俺はなかったかもしれない、と碓井は思う。

碓井が、のちに石川島播磨重工業の社長から日本電信電話公社の総裁に転じた真藤の名前を初めて耳にしたのは、昭和三十八年秋のことである。当時、碓井は呉造船の資材部に所属していた。呉造船は、昭和四十三年三月に石川島播磨重工業に吸収合併されるが、造船ブームのまっただなかの三十年代後半は「バルブを制するものが船を制する」といわれた時代で、各造船会社は精鋭を資材部に投入してバルブの買い付けに当たらせていた。

碓井は、バルブの買い付けで生産地として聞こえている彦根《ひこね》に長期出張を命じられる。

当然のことながらバルブは売り手市場なので、買い手にとっては大変なハードネゴをしいられるが、まだ三十歳前の碓井は野球で鍛えた体力にものをいわせて、ねばり抜く。

幼いころから父親に「人を裏切ってはならない」と訓《おし》えられてきた碓井は、バルブメーカーとの買い付け交渉でも、はったりや駆け引きはなく、ひたすら正面から押していき、断わられても諦《あきら》めずに何度でも足を運んだ。

やがて碓井の熱意、誠意がバルブメーカーに認められて、バルブの確保で、呉造船は優位な立場を保持することになる。造船会社の資材担当者の間で「呉造船に碓井あり」と恐れられるようになるが、買い付けたバルブを積み出すまで徹夜で見張っていないと他社に盗《と》られてしまうようなあらっぽい時代でもあった。彦根滞在中、碓井は六畳一間のぼろアパートを借りて自炊していたが、これ以上出張が長びくようなら、もうすこしましなアパートに移って、ワイフを呼び寄せなければならんかな、と考えた矢先に東京の本社からアパートに電話が入った。企画部長の村上である。

「ご苦労さん。きみが頑張ってくれたおかげでバルブの調達は軌道に乗った。そろそろ無罪放免しないと人道問題だろう。それじゃなくても新婚の奥さんをほったらかして三か月以上も長期出張させてるんだから……」

「ひやかさないでください。結婚したのは二年も前ですよ」

「それにしても若い奥さんといつまでも別れて暮らすわけにはいかんだろう。きみの奥さんに、われわれも恨まれたくないからね」

「もう恨まれてますよ」

「まいったなあ。これ以上恨まれたくないと言いなおさなければいかんか」

「冗談はともかく、出張が延びるようなら、ワイフを彦根に呼び寄せようと思ってたんですが……」

「それにはおよばない。後任を出すから、引き継ぎが終り次第、呉に帰ってくれたまえ」

「ずいぶん急ですねぇ。呉でなにをやるんですか」

「電算化について研究してもらう。すでにきみを含めて二十人のスタッフを集めている」

「電算化ねぇ」

碓井は気のない返事をした。電算化の研究がどんなことか見当がつかないが、資材関係の仕事のほうが性に合ってるような気がする。

しかし、業務命令とあらば従うほかはない。碓井は一週間後に、彦根をひきはらった。

ところが、碓井を待ち受けていたのはわずか二人のスタッフに過ぎなかったのである。

碓井は、村上に電話で嚙《か》みついた。

「二十人というのは私の聞きちがいですか。いくらなんでも二十人と二人と聞きちがえることはないと思いますが」

「たしかに二十人集めたことは集めたんだが……」

「つまりわずか一週間の間に会社の方針が変ったわけですか。そんな朝令暮改がよくできますね。あとの十七人はどうしたんですか」

「もとの職場にもどってもらった」

「私も、彦根にもどらなければいかんのですか」

「いや、きみには電算化の勉強をしてもらう。時期をみて、プロジェクトチームを大型化することになると思うが……」

「いったい誰ですか。こんないい加減なことをやったのは！　もとの職場にもどせばいいってもんじゃないでしょう。恣意《しい》的というか、ひど過ぎますよ」

「………」

「朝令暮改の元凶はまさか部長じゃないでしょうね」

「冗談じゃないよ」

「それじゃあ、誰ですか」

「真藤さんから社長に〝時期尚早〟の意向が伝えられたようだ」

「真藤さんって、石川島播磨重工業の真藤常務ですか」

「うん」

「うちの非常勤役員に過ぎない人がそんなさしでがましいことが言えるんですか。それに振りまわされてるトップもトップですよ」

「真藤さん個人というよりＩＨＩの意向と受けとめたんじゃなかろうか」

「真藤なんてどんな男か知りませんが、だいたいコンピュータのなんたるかをわかってるんですか。それ以前の問題としてスジ道が立たんですよ」

「ま、とにかくここはこらえてくれんか。上層部がこうと判断した以上、従わざるを得ないじゃないか」

碓井は釈然としなかった。こんな理不尽な話はないと思う。碓井にしてみれば石川島播磨重工業は、呉造船にとってライバルに過ぎないではないかという思いがある。元をただせば、呉造船は旧石川島造船と合併する以前の播磨造船と姉妹会社だったので、IHIグループの一員と見ることもできるが、IHIから非常勤役員を迎える必然性などないといっていえないこともなかった。

もっとも、IHIと呉造船では企業規模、経営内容とも格差があり、IHIをライバル視するのは自意識過剰ともいえる。うがった見方をすれば、両社の経営トップに、合併に向けての地ならしが行なわれていたとも考えられるし、真藤の〝時期尚早〟発言は、将来の合併を睨《にら》んでのことども解釈できよう。あるいは単純に考えれば、コンピュータ化すなわち合理化を進めるには、周到な準備が必要だが、その点は大丈夫なのかと念を押したとも見てとれる。

だが、いずれにしても碓井の胸中に「真藤の野郎！」という泡立つ思いだけが残った。

ともあれ、碓井は、資材部から企画部にポストがかわり、わずか三人のスタッフとはいえコンピュータ化へのアプローチを開始する。初めは基礎知識の習得につとめるが、IBMの講習会に参加したり、欧米の実情を調査しているうちに、「事務合理化のためにはコンピュータの導入が不可欠」との結論に到達し、社内で啓蒙《けいもう》運動に乗り出す。担当部長、工場長、常務などに熱心に説いてまわるが、真藤の〝時期尚早〟が足枷《あしかせ》になっているのか、色よい返事がもらえなかった。

碓井は思いあまって、水谷社長に直訴することを考えた。水谷は東京の本社から月に二、三度呉工場に出張してくるので、接触する機会はあるはずだ。しかし、一分や二分の立ち話では説明し切れるものではないし、ヒラ社員の分際で忙しい社長に時間を取ってもらうことなどできる相談ではない。

碓井は、水谷が工場側との打ち合わせを終えて帰京するときに、工場から広島駅まで工場の専用車を利用することに思いを致し、車中の一時間余に直訴することを思い立った。

水谷を乗せた車が工場事務所の前から守衛所の前まで来て、いったん停止するところをつかまえれば、助手席に乗りこむことは可能だと碓井は考え、さっそく実行に移した。

左手で助手席の窓をノックしながら右手でドアをひっぱると運転手がロックを忘れていたとみえ、難なく乗り込むことができた。

水谷も運転手も呆気《あっけ》にとられて、しばらく声も出せないでいるのを尻目《しりめ》に、碓井は一気に言った。

「企画部の碓井です。広島駅まで便乗させていただきます」

自分では落ち着いているつもりだが、語尾がふるえ、胸が高鳴っている。

「きみ、車を出したまえ」

どうしたものかと、後方シートをうかがう運転手に水谷が言った。しめた、と碓井は思った。どうやら、乗車拒否はまぬがれたようだ。

碓井は、さっそくコンピュータのレクチャアを始めた。後方シートの水谷のほうに痛くなるほど首をねじったままの姿勢で、コンピュータ化のメリットを一時間余の間、しゃべりづめにしゃべった。

「コンピュータの導入は時代が要請しているんです。これを一日延ばしにすることはそれだけ時代から取り残されることを意味します。真藤さんに時期尚早と言われてヘジテートしているようですが、村上企画部長をはじめせっかくその気になっているのに、なんで非常勤役員の横槍《よこやり》を黙って受け入れなければいかんのですか」

腹ができているというのか鷹揚《おうよう》というのか水谷は眼を閉じて、黙って碓井の話を聞いている。碓井は、ほんとうに眠ってしまったのではないかと心配したが、車が広島駅に着いたとき水谷が言った。

「検討しておこう」

「ありがとうございます」

碓井は、最敬礼で水谷を見送った。

しかし、二週間たっても三週間過ぎても直訴の効果はあらわれなかった。碓井は、口で説明しただけでは説得力がないと考え、事務合理化のためのコンピュータ化について、レポートをまとめ二度目の直訴のチャンスをうかがった。

二度目は、運転手に警戒されて、助手席に乗り込むことはできなかったが、なんと水谷は後方のドアをあけてくれたのである。

「このあいだは失礼しました。説明が不充分だと思いましたので、レポートにまとめておきました。汽車の中でお読みいただければ……」

「ありがとう。読ませてもらおう。きょうも広島までつきあうかね」

「よろしいでしょうか」

「ああ、いいよ」

車が走り出した。

「きみの提案は忘れたわけじゃない。機会を見て常務会に諮るつもりだ。真藤さんには私から話す。真藤さんが時期尚早だと言ったのは、コンピュータを導入するためにはそれなりのベースができていなければならないから、性急な取り組みを戒めたに過ぎんのだ。決して感情的にものを言う人ではないからね」

きょうの水谷は饒舌《じょうぜつ》だった。

真藤は昭和三十九年当時、石川島播磨重工業の常務で造船事業本部長を委嘱されていたが、早くから将来の社長候補の呼び声が高く、水谷などは一目も二目も置いていたとみえる。

二度目の直訴で、碓井の勇名は呉工場にとどまらず社内中にとどろいた。

「ヒラ社員のくせにあきれたやつだ。身のほど知らずにもほどがある」

「あいつ気は確かか」

「いや、さすがは碓井さんだ。近来にない快挙だよ」

賛否交々《こもごも》だが、若い社員からは喝采《かっさい》を送られ、年配の社員からは顰蹙《ひんしゅく》を買った。常務会でも、手続き論をふりかざして碓井の提言に反対する者が少なくなかったが、水谷の裁断で、呉造船はコンピュータ導入へ向けて動き出した。もちろん、真藤の了承を取りつけたうえでのことである。

問題はスタッフをいかに集めるかだが、碓井は一計を案じて、体育文化会を組織し、野球、バレーボールやレクリエーション活動を通じて人材のピックアップにつとめ、百余名を電算部門に集めることに成功する。

2

昭和四十三年三月、呉造船は、石川島播磨重工業に吸収合併されるが、合併を機にIHIは全社的に本格的なコンピュータ化に踏み出すことになった。給与計算などの事務管理部門に限定されていたコンピュータを設計、資材の搬入、在庫管理、人員配置、工程管理など船舶部門の生産管理に導入し、大幅な合理化を実施しようという計画である。

この計画は相生工場をモデルケースとしてとりあげることになったため、「相生プロジェクト」と命名されるが、同プロジェクト推進の立役者は副社長に昇格していた真藤恒であった。

碓井優は、相生工場に転勤し、ヒラ社員ながらプロジェクトチームでマテリアル・コントロール部門を担当し、グループの中核的存在となっていた。

真藤と碓井の運命的ともいえる出会いは、昭和四十三年九月上旬の蒸し暑い日のことである。この日、真藤は、「相生プロジェクト」の最終案を詰めるために、相生工場に乗り込んで来た。真藤を手ぐすね引いて待ち受けていたのが碓井である。

プロジェクトチームはコンピュータの採用機種としてIBMを想定して作業を進めていたが、真藤は東芝製を推していることが事前に伝わっていたのである。真藤というより経営陣と現場の対立ととらえたほうが当たっているが、真藤ら首脳部は先輩である土光敏夫（当時東京芝浦電気社長）の顔を立てて東芝のコンピュータを採用する意向をかためていた。

現場がどう考えようが役員会がこうと決めたらそれに従うほかはない。プロジェクトチームには、「残念だが仕方がない」といったあきらめムードが漂っていたが、碓井は、上からの理不尽な圧力は断固撥《は》ねつけるべきだと主張してやまなかった。旧呉造船時代に真藤から〝時期尚早〟だとコンピュータ導入を反対されてから、五年になるが、「真藤の野郎！」という碓井の思いは増幅されて腹の中はふつふつとたぎっている。またしてもそんな横車を押してくるなら、こんどこそ赦《ゆる》さん――。真藤に対する碓井の恨みは、ほとんど骨髄に徹していた。

会議は、相生工場の大講堂で朝十時から始まった。出席者は、真藤、担当常務、工場長、関係部・課長ら約五十人で、ヒラ社員で出席したのは碓井を含めてわずか三人であった。会議は、たんたんと進行していたが、夕食のにぎりめしをはさんで、マテリアル・コントロールを担当する碓井の説明の番になって大混乱が生じた。

碓井は、グループの検討結果を説明し終ったところで、

「ところで、コンピュータの採用機種につきましては……」

と問題点に触れたのである。私語がやんで、大講堂は水を打ったように静まり返った。

「一部に東芝製機種を推す向きもあると聞いてますが、相生プロジェクトには東芝製は機能的にフィットしないことは明白です。つまりわれわれのニーズを満足してくれないわけです。したがって、本日の会議でIBM製の採用を決定していただきたいと思います」

「東芝製のコンピュータは性能的にIBM製より劣るというのかね」

真藤は、きっとした顔を碓井に向けた。

「はい。性能的な面もさることながら、相生プロジェクトには不向きなことは明らかです」

「それならIBMの利点を説明したまえ」

「わかりました……」

碓井は、ここを先途とばかり、一時間余もかけて日ごろの研鑽《けんさん》ぶりを披瀝《ひれき》した。

そのなかで、真藤が信奉している西島式管理統制法についても言及し、「伝統的な生

産管理システムであり、西島式のメリットがまったくないとはいえないまでも、あまりにも陳腐化している。西島式にもとづいて専門家を育てるには十年を要しますが、コンピュータは知識の共有化、普遍化を目的としたもので……」

得々とやっている。碓井はコンピュータによる生産管理システムの利点を強調したいがために、西島式を持ち出したのだが、真藤は不快感をあらわにして、天井を見上げている。そして最後に碓井はダメを押すように、

「私情をまじえず冷静に判断していただきたいと思います」

と、真藤の神経を逆撫《さかな》でするようなことまで言ってのけた。

隣席の男が碓井の袖《そで》をひいたが、遅かった。

「なまいきを言うな！」

迫力のある真藤の声が肺腑《はいふ》に滲《し》みたが、碓井は負けてはいなかった。

「感情でものを言うのはやめてください」

「私がいつ感情でものを言ったか」

真藤は「ひとつ私に免じてよろしくたのむ」のひとことで片づくとたかをくくっていたが、ことはそう簡単には運びそうもなかった。

真藤とてＩＢＭ製のメリットは充分わかっているが、土光に「よろしくお願いする」と頭を下げられれば、無下に「ノー」とは言えない。東芝の土光のほうばかり見て仕事をしている、ととられるのは辛《つら》いし、綿密な検討を積み上げて、ＩＢＭ製を推している

現場に対して負い目がないわけはない。

しかし、それを百も承知で、頭を下げに来ている俺の身にもなってくれ、と真藤は思うのだ。武士の情け、惻隠《そくいん》の情ということがあるではないか――。じっさい、真藤は、出し抜けに噛《か》みつかれるなどとは思いもよらなかった。しかも、相手は嘴《くちばし》の黄色い見ず知らずのチンピラ社員ではないか。村夫子然とした真藤の温顔がさすがにひきつっている。

「役員会が東芝機種の採用を決めたらどうするかね」

野太い真藤の声が威圧するように迫ってきたが、碓井はそれを撥ね返すようにぐいと顎《あご》をあげて真藤を見返し、一段と声を励ました。

「プロジェクトチームは解散すべきだと思います。われわれはIBM機種を想定して、作業を進めています」

「思いあがるな！」

真藤の怒声が碓井の頭上ではじけた。碓井は、思わず眼をつむったが、ひるまなかった。

「思いあがっているつもりはありません。副社長ほどのかたに、われわれの主張がわからぬはずはないと信じています」

「IBM製にいくぶんかの優位性のあることは私にもわかるが、東芝製コンピュータもこのところかなり良くなっていると聞いている。その程度の優劣の差は、コンピュータを使いこなすほうの技術力で埋められるのではないか。土光さんに頭を下げられてるわれわれの立場も考えてくれないか」

真藤の声がぐっと低くなった。「おまえわかってくれんか」と訴えるように眼にやさしさがもどっている。だが、碓井は一歩も引かなかった。

「すでにご説明しましたとおり、残念ながらIBMと東芝機種の性能の優劣差は、簡単に埋められる程度のものではありません。どうか、感情をさしはさまずに経済合理性をつらぬいていただきたいと思います」

「本来、こういう大衆討議にかける筋合いの問題ではない。役員会の決定に従えない者は、会社をやめてもらうしかないな。おまえはクビだ」

真藤は、天井を仰ぐような姿勢で冗談ともつかず言ったが、今度は碓井のほうが激昂《げっこう》した。

「私をクビにしたいということですか。ここにいる……」

碓井は、四囲を見まわして話をつづけた。

「管理職の人たちをクビにすることはできるでしょうが、私は組合員ですから、いくら副社長がクビにしたくてもできませんよ。クビにできるものならしてください」

「………」

可愛《かあい》げのないやつだ、と言いたげに真藤は憮然《ぶぜん》とした顔で碓井を見やっている。

碓井は、怒りに燃える眼で、いつまでも真藤を睨《にら》みつけていた。

大講堂の壁の時計は午後九時をまわっている。真藤の顔に疲労の色がにじんでいる。真藤とは対照的に碓井のほうは徹夜してでも、真藤を屈伏させてみせると闘志をむきだしにしている。まだ三十二歳の若さだから、この程度のマラソン会議がこたえることはない。

真藤がＩＢＭ製機種の採用を決断したのは十時を過ぎたころである。

「土光のおやじさんに大きな借りができるなあ。常務会を説得するのも大変だぞ」

そんな遠まわしな言いかたで、真藤は自説を撤回したのである。真藤の大英断といえた。

土光敏夫に気がねして、石川島播磨重工業の常務会の大勢は東芝製機種の採用に傾いていたが、その後、真藤は常務会を説得し、土光に会って、丁寧にこれまでの経過を説明し、土光から、

「わかった」

の返事をひきだしている。

呉造船を吸収合併した直後でもあり、ここで強引に東芝機種の採用を決めることは、社内がぎくしゃくし無用の混乱をもたらしかねないとの政治的判断が真藤に働いたのだろうか。

あるいは、合理主義者の真藤らしく、碓井の主張を最後はすっきり受け入れた、と素直にとるのが当たっているのだろうか。

真藤が婉曲《えんきょく》にＩＢＭ製機種の採用を認めたとき、碓井は思わず隣席の設計課長と握手をかわしていた。

「おい！　よろこぶのはまだ早いぞ。これからがひと苦労だ」

「副社長が胸をたたいてくれたんですから、もう決まったも同然です」

「私は胸なぞたたいておらん」

真藤と碓井のやりとりで、会議場の空気が和んだ。

「きょう残業代がつくのは誰と誰だ。手を挙げてみろ」

真藤にうながされて、碓井を含めて三人が挙手をした。

「おう、おまえたち、きょうはもうけたな。あとで一杯おごれ」

真藤がまじめくさった顔で言ったので、大講堂は哄笑《こうしょう》の渦となった。

3

相生工場大講堂でのマラソン会議を契機に、副社長の真藤とヒラ社員の碓井の交流は密度の濃いものとなり、碓井は父親に対するように真藤への傾斜を深めていく。碓井は、旧呉造船時代に実父を亡くしているが、案外、厳父に真藤を重ねて見ていたかもしれない。

真藤が陽明学の大家だと人づてに聞いて、碓井が相生の図書館に通って、この方面の書物を読みあさったのもマラソン会議の直後である。

碓井は、昭和四十三年十一月十六日付で真藤に宛てて手紙を出している。手紙というよりレポート、論文であり、「電算化時代の人間の心構え」について考察したものだが、この中に陽明学が色濃く投影されている。いわば、いくらか気負って「私も陽明学をかじりましたよ」と、真藤に伝えたかったとみることもできる。

このユニークな手紙は、企業における電算化が人間性を無視したものに陥りかねない危険性を指摘し、序論で、

「機械化による組織の改革、合理化による人員の適正配置、機械化による職場環境の改善等々機械化のテンポが早まれば早まるほどその変動に対して弾力性、適応性に欠ける中年層以上の人間にとっては、高度に機械化された職場環境なり機械化中心論争がもたらす抑圧感や不安感から逃れることはできず、機械化不信の念を深めることが予想される。逆に新しい世代の新しい教育を受けた若年層の間では、機械化を歓迎する傾向が強まり、機械化に対してより多く挑戦する機会に恵まれ、その主体性をますます自分たちのほうに向けることを希望することが考えられる。そこに大きなギャップが生じる可能性があるので、それを埋めるなにかが必要であろう。そこでわれわれは〝IHIの従業員として〟〝人間として〟どうあるべきかを思索し、体系づけ、それを母体として来たるべき時代にそなえるべきと考える」

と述べ、本論で、

①人事体系の目標
②人事体系の概論
③消化の方法

について言及している。

真藤は、手紙というより約一万二千字、四百字詰め原稿用紙にして三十枚の論文をいきなり送りつけられてめんくらったが、ていねいに眼を通し、読後ただちに返事を書いている。


碓井兄　貴レター拝見。

電算化に伴う仕事の環境の変化について動く方向は貴論の方向に在ることはたしかですが、問題は此《こ》の変化に対する吾々《われわれ》の受け取り方に在ると思います。

電算は使う可《べ》きもので、使われるものに非《あら》ず。非人間的、人間疎外的作業はロボットの電算機にやらせて、人間は人間の考え行う可き方向で働かねばなりません。私自身は電算機の影響を差し当ってさほど大きく考えておらず、全力を挙げて電算化を実施してもそう急激にその影響は感じられぬと思っています。若《も》し感ぜしむるとすれば電算機の使い方に間違いがあり、やる可からざる電算化を行った事と了解しています。

鋲《びょう》が熔接《ようせつ》に変った。汽車が自動車と飛行機に変りつつあります。これらの変化と同程度のスピードとインテンシティ（強度）とで変化して行くと予想します。勿論《もちろん》現在と十年後とを直接比較すれば大変でしょうが、その間に十年という時間のバッファーがショックアブソーバーとして存在します。

このショックアブソーバーの時間の間に吾々人間は何を考え、何をなし対応するか、否、逆に積極的にどう変化させて行くかという問題に対して貴兄の論文が出来たと了解します。貴論のベースには電算化に対し受身の立場で見ているところが最初の二項に明らかに出ていますが、これは貴兄等にとっては逆の見方で取り組む可きだと考えます。電算化は貴兄等が人間疎外防止対策として利用するものであり使うものでなければなりません。此処《ここ》からスタートして本問題は実際の日々の仕事の上でも取り組まないことにはおかしな事になります。

勿論、電算事務の具体的な職場での作業そのものをミクロで見れば、貴兄の立場を取りたくなるのはよく分りますが、これは電算化の低いレベルのスターティングポイントの状態に於《お》けるミクロで、一時的過渡的現象と小生は考えています。

ところで今後の自然科学文明の発達に伴う人間性即ち人文科学の不釣合な後進性、形而上《けいじじょう》の人間の精神問題（唯物論的にはこれはないかも知れぬが）については貴兄のいう本来の現状に於《おい》てはアンバランスが大きすぎるし、また大きくなるばかりという感じがします。此の自然科学発達の所産である技術を何のためにどう使うかという技術駆使のイニシアチブまたはモーティブが如何《いか》にあるかが問題ですが、此のモーティブの中に深い人間愛、努力の中から自ずと相手に即し、また時と場所に即して平易な表現で相手の腹の中に入る説得が出来ればよいわけです。人を説得するには当方に十の力があり、相手が五以下である位のポテンシャルの差がないとなかなか説得し難いものです。此の点は次の機会にお願いしますが、機会を見て呉または相生で貴兄のグループや若い人たちと対話したいと思っています。

貴論の後段、企業内企業人としての行動実践の規範に関する考え方は、現段階では納得できます。

ただし、此の論調は自分自らに対する規範としてはその通りですが、若年層の指導の言葉としては説得力に欠け、ひとりよがりの論になる危険性なしとしません。腹の中に貴論をたたみ込んでおいて若年、もしくは中年層の耳から腹に入る言葉、表現にトランスレイトせねばならぬと思います。それには此の論旨に沿って貴兄自身が更に自分の中の論旨を育成するためのベースがなければならぬと思います。

一身、一企業、一国家の利己的モーティブのみで技術駆使の原動力のある事は危険です。身近にいうならば、電算化、機械化、自動化は単に人件費削減の立場から実行されてはならないと思います。人間疎外の環境を排除し、企業なり国家の繁栄に直結するためのものでなければなりません。

此の意味から小生は電算化のショックは時間というショックアブソーバーを利用しながら展開される可きものと考える故に、貴兄の感じる程そう急激には出て来ぬのではないかと考えています。

以上、貴兄のレターに対する小生の返事ですが、レターではなかなか意をつくし難いし、また小生は御覧の通りの乱筆です。

不一

第四章　死の淵からの生還

1

相生プロジェクト、すなわち相生工場・造船部門の生産管理をコンピュータ・コントロール化する合理化計画が順調に進展していた昭和四十四年の春、碓井は病魔におかされる。

喉《のど》に異物がひっかかるようないがらっぽい感じがいつまでも残る。碓井は、たいしたことではない、気にすまいと自分に言いきかせながら二週間ほど放っておいたが、不快感はつのる一方であった。妻の昭子にすすめられて相生の播磨病院で診察を受けたところ、喉の奥に腫瘍《しゅよう》が認められるので至急手術を要するという医師の診断であった。

碓井はただちに入院し、諸検査のあと手術を受けたが、術後三週間ほど経過して、そろそろ退院と思っていたある日の午後、昭子が眼を泣きはらして病室へもどってきた。

昭子が主治医に呼ばれたことはわかっていたが、碓井がなにを訊《き》いても昭子は返事をせず、ただ泣いてばかりいる。

「おい、なにをめそめそしてるんだ。医者になにか言われたのか」

「…………」

「手術が失敗したのか」

「…………」

昭子は眼に涙をいっぱいためて、かぶりを振るだけだ。

「泣いてばかりいたんじゃわからんじゃないか」

碓井はいらだったが、術後だから大声を出すわけにはいかないし、満足に声も押し出せないから、よけい焦《じ》れて、掛け布団を蹴《け》とばした。

「それとも、ガンか。ガンを宣告されてもわしは驚かんぞ。医者に言われたことをいうてみろ」

碓井が声をしぼり出すと、昭子はベッドにうつぶせになって、子供のように泣きじゃくった。

碓井の背筋に戦慄《せんりつ》が走った。もはや間違いない。腫瘍というのはガンだったのだ。

「おまえが言えんのなら、自分で聞いてくる」

碓井は、血相を変えてベッドから飛び出し、パジャマ姿のままナースセンターに向かった。

「鈴木先生はどこですか」

「医局だと思います」

「どうも」

碓井は医局で鈴木をつかまえるなりしゃがれ声で言い放った。

「先生ひどいじゃないですか。女を泣かせるぐらいなら、わしに直接言ってくださいよ」

「まあ、坐《すわ》ってください」

鈴木は、碓井に椅子をすすめた。

「ガンなんでしょう？」

「…………」

「もう、なにを言われても驚きませんよ」

鈴木は切なそうに顔をしかめて話しはじめた。

「間接的に伝わると、誤解を生むことにもなるでしょうから直接お話ししましょう。じつはわれわれも初めから悪性の腫瘍ではないかとの疑いをもってました。大学病院へ術後のデータを送って確認してもらったのですが、残念ながら結果はクロと出ました。甲状腺《じょうせん》ガンということになります」

「…………」

碓井の顔から血がひいて、蒼白《そうはく》になった。

そうとわかっていても、やはりショックだった。

「しかし、比較的早期に発見されましたから、治る可能性は高いと思います。抗ガン剤をのんでもらいますし、四か月ほど入院してもらいますが、五年の間に再発しなければ心配ないと思います」

「つまり五年は、命を保証してもらえたわけですか」

碓井は一筋の光明を見出《みいだ》した思いがした。

病室を出ると、昭子はまだベッドに泣き伏している。大部屋だから、ほかの患者や見舞い客がちらちらこっちをうかがっている。碓井は、そっと昭子の肩に手を触れた。

「心配しなくていい。治る可能性のほうが高いそうだ」

「そんなの気やすめです」

昭子はしゃくりあげながら言った。

「もう泣くのはよせ」

「どうして、あなただけがこんなひどい目に合わなければ……」

「誰を恨むわけにもいかんじゃないか」

碓井は、心を落ち着かせるためにあくる日から般若心経《はんにゃしんぎょう》の写経を始めた。

碓井が播磨病院へ入院してから一か月ほどたった四月中旬の午後、村上が相生工場への出張がてら病院へ見舞いに来てくれた。

「さすがの元気者もすこしはこたえてるようだな」

碓井は、繃帯《ほうたい》を巻きつけた首を指で示しながら、声をふりしぼった。

「左側の声帯の神経が麻痺《まひ》しちゃってるんで、声を出せないのが辛《つら》いですよ」

「たしかに聴き取りにくいが、きみの地声は大き過ぎるから、ちょうどいいんじゃないのか」

「村上さんの声も相当なものですよ。人のことが言えた義理ですか」

「あまりしゃべるな。聴くほうが疲れるぞ。しかし、もうちょっと萎《しお》れてると思ったんだが……」

「充分、萎れてますよ」

「医者を脅かして、自分がガンであることを聞き出したのはきみぐらいだろう」

「誰から聞いたんですか」

「そんなことはどうでもいいが、こんな田舎の病院で大丈夫かね。相生ではここが唯一の病院だし、ＩＨＩ直営の病院でもあるから悪口は言いたくないが、ちょっと心もとないなあ」

「制ガン剤をのむと白血球だか赤血球だかを破壊するんでしょうかね、躰《からだ》がふらつくんでまいります」

「わたしの兄弟は医者が多いが、わたし自身、東大の第一外科の石川教授と懇意にしていただいているから、いつでも紹介させてもらうよ」

村上は、旧呉造船時代に企画部長を勤め、碓井の上司であったが、合併後も本社で企画部門の部長をしていた。

「病院をかわるというのは、いやがられるものだが、その点播磨病院は融通がきくだろう。なんなら私が話してもいいよ。碓井のようにうるさい病人は、病院としても厄介払いができて、かえってよろこばれるんじゃないのか」

「………」

「冗談はともかく考えたらいいな」

碓井は、村上に熱心にすすめられ、同僚の慫慂《しょうよう》もあって、本郷《ほんごう》の東大病院第一外科部長の石川教授の診察を受けることに決めた。

石川教授は、碓井にガン細胞の転移の可能性をあげて再手術をすすめた。碓井はその場で、

「よろしくお願いします」

と答えている。

碓井は、さっそく播磨病院をひきはらって東大病院へ入院し、石川教授の執刀で四時間におよぶ大手術を受けることになる。

東大病院には四か月入院するが、術後一か月ほどたってから、播磨病院ではじめた写経をつづけるようになった。

般若心経を写し終ったのは、退院六か月後のことである。闘病生活中、碓井は真藤から『正法眼蔵《しょうぼうげんぞう》』を読むようにすすめられるが、真藤の励ましが碓井をどれほど勇気づけたかわからない。

2

碓井は、甲状腺ガンの手術の前後によく夢をみた。それも決まって野球の夢である。中国地方の予選の決勝戦で敗れた試合の夢でうなされたことは一度や二度ではない。後年、碓井は、

「一つだけ昔にもどしてやると言われたら躊躇《ちゅうちょ》なく甲子園大会をめざした高校時代をあげる」

と語っている――。

碓井は、昭和二十六年四月に広島県立三津田高校に入学するが、クラブ活動は野球部を選択した。中学では投手で鳴らしたが、一年先輩に小畑という剛球投手がいたため、一年生のときはサードのポジションを与えられた。入部当初からレギュラーである。高校時代の碓井は野球に明け、野球に暮れる三年間で、野球以外のことを考える余裕はなかった。土曜も日曜日もない。もちろん晴雨に関係なくグラウンドを走らされ、監督や先輩のノックを浴びる。

百本ノックの凄《すご》さといったらない。本塁ベースと三塁ベースの中間地点で猛ノックを受けるのだが、初めはキャッチャー・スタイルでプロテクターとレガーズをつけてノッカーに向かう。五十本を越えたころから、地をはう強いゴロやイレギュラーバウンドに

つい顔をそむけることがある。

先輩のノッカーが血相変えて飛んでくる。

「おい、ボールから逃げたな」

「はい」

「おまえ、これはなんのためにつけてるんや」

ノッカーは、面の上からこつんとバットでたたいた。

「ボールが当たっても、怪我をしないためにです」

「それならなぜ、ボールをよけたんじゃ。ボールをよけるやつに、そんなものいらん。全部はずせ！」

「はい」

そんな調子で、グラブまでとりあげられて、素手でボールに立ち向かって、手を血だらけにしたこともある。

百本ノックは、ノッカーのほうもらくではないが、数をかぞえるのはキャッチャーの役目だから、気をきかせて数をごまかすこともしばしばある。

「三十八、四十二、四十五……」

といった具合いにだ。

夏の暑い日はこたえる。水を飲むことは禁じられているので、喉《のど》の渇きは死にたくなるほど辛い。碓井は、悪知恵をはたらかせて、ノックの猛ゴロを捕球するときにわざわざ頭から突っ込んでいき、汗にまみれて顔中泥だらけにする。

「顔を洗ってこい！」

　ノッカーが怒鳴る。しめた、と思う。顔を洗いながら、先輩の眼をかすめて、濡《ぬ》れた掌《て》をなめるのだ。この碓井のカンニングは長い間見破られなかったが、意地の悪い先輩に疑われ、首ねっこを押えつけられ防火用水に頭を漬け込まれたことがあった。

「おまえ水を飲んだな」

「飲んでません」

　とことんシラを切るほかはない。水を飲んだことを認めたらさいご、どんなシゴキが待ち受けているかわからないからだ。

「嘘を言うな！」

「嘘ではありません」

「ちょっとこい。腹一杯飲ませてやる」

　防火用水の濁った水を飲めるわけはないが、頭を押えつけられているので息苦しくなって、否応《いやおう》なしに吸い込んでしまう。

　外野で守備練習にまわっているときは、監督や先輩の眼もとどかないので、比較的カンニングがやりやすい。あらかじめクラスメートに水のカチ割りの差し入れを頼んでおき、ファールフライを捕りにいきながらハンカチにくるんだカチ割りを投げてもらう。

　日没後は、グラウンドや学校の周囲を走らされる。帰宅はいつも九時過ぎだ。しかもボールのほころびを繕う宿題を必ず出されるから大変だ。授業の宿題とかさなったときは、教師の眼を盗んで授業中にボール縫いをやらなければならない。

碓井は、夏の大会後サードからピッチャーにまわされた。小畑が中途退学して南海ホークスにスカウトされたからだ。小畑はプロでもけっこう活躍し、年間二十勝近く勝ち星をあげたこともあるが、碓井は小畑と互角に投げられる力量をもっていた。事実、碓井を擁した三津田高校は甲子園寸前まで勝ち進んでいる。

三津田高校の先輩に広岡達朗がいる。碓井が高校一年のとき広岡は早大の二年だったから、四年先輩ということになり、同じユニフォームを着たことはないが、広岡はしばしば後輩の指導で郷里に帰ってきた。広岡は直接手を下すことはしなかったが、広岡の気持を汲《く》んで、碓井たちをシゴいた先輩はたくさんいる。広岡は行儀や作法にもきびしかった。

一度、碓井は合宿の食事時にめしをよそった丼《どんぶり》を配る順序を間違えて、

「この子は、誰が先輩かもわかっとらんのか」

と、皮肉を浴びせられたことがある。碓井にしてみれば、早大の遊撃手として今をときめく広岡は神様のような存在だし、大先輩だと思うから、いの一番に丼を広岡のテーブルの前に運んだのだが、広岡より先輩が一人居合わせたのである。

そこで碓井は広岡より一年下の先輩に顔が腫《は》れあがるほどぶんなぐられた。そのときの広岡のひややかな眼は忘れられない。

熱情家の碓井には、クールな広岡は肌が合わないといったところだろうか。

3

昭和二十七年秋の大会で三津田高校は快進撃をつづけ、山口県立柳井《やない》高校との決勝戦にのぞんだ。この一戦に勝てば、春の選抜大会への出場資格が得られ、十中八、九選抜されることは間違いなかった。当時は中国五県から一校しか出場できなかったが、夢にまで見た甲子園まであと一勝に迫って、決勝戦の前夜、碓井は興奮してほとんど一睡もできなかった。

決勝戦の当日は、秋晴れであった。福山《ふくやま》球場で午後一時試合開始。

碓井は身長は百六十八センチと野球選手にしては小柄だが、足腰のバネは強靭《きょうじん》でシュートを決め球とする本格派である。肩に力が入り過ぎるため、剛腕投手にありがちな立ち上がりの悪さを衝《つ》かれて、初回の裏に一点失うが、二回以降ぴしゃりと押え、三振の山を築いていった。味方打線もしめりがちだったが、七回に一点返し同点とし、以後押しぎみに試合をすすめたが、チャンスに一本出ず、一対一のまま延長戦に入り、十二回裏柳井高の攻撃の場面を迎えた。チャンスを逸したあとだけに、碓井はいやな予感がした。柳井高はピンチのあとにチャンスありで、意気大いに上がっている。しかも打順は一番バッターからだ。

碓井はツースリーからファールでねばられ、とうとう四球で歩かせてしまった。次の二番打者がセオリーどおり送りバントをしてくることは確実である。碓井は一球目をウエストするが二球目は速球をど真中に投げ込むなり、マウンドを駆け降りた。おあつらえむきの速いゴロが碓井のグラブに吸い込まれた。悪くてもセカンドでフォースアウトのケースだ。碓井がふり向きざま二塁ベース目がけて投げたボールは、わずかなタイミングの狂いでベースカバーに入った野手の横を抜けていた。

ノーアウト一塁二塁、柳井高にとっては願ってもないチャンスである。キャッチャーの浜、ファーストの谷川、セカンドでキャプテンの佐藤らがマウンドに駆け寄った。

「碓井、落ち着いていけ！」

佐藤が碓井の尻《しり》をグラブでぽんとたたいた。

「球はきているんやから、ど真中に思い切って投げてこい。打てやせんが」

浜が激励する。

一塁側内野席の柳井高応援団は狂ったように応援しているが、碓井の耳には入らない。

柳井高の三番バッターを碓井は完全に押えていたから、強攻策は考えられない。バントでゆさぶってくると碓井は考え、三塁手に帰塁するようサインを出した。バントをやらせて、ダブルプレーを狙いたいところだ。

碓井は、一球目から内角ぎりぎりに直球を投げ込んだ。相手は案の定、バントで攻めてきた。三塁寄りにマウンドを駆けおりながら碓井はやった！　と思った。スピードボールにバットが当たっているので、強いゴロである。碓井はなんなくさばいたが、次の瞬間信じられないシーンが展開していた。碓井の投げた速いボールは、ジャンプした三塁手のグラブをかすめて、レフトフェンスにころがっていたのである。悪夢としかいいようがなかった。

二塁ランナーが小踊りして三塁ベースを蹴《け》って本塁に向かう。碓井ひとりで負けたようなものだった。

放心状態からわれに返った碓井は、マウンドにうずくまって泣きじゃくった。このときほど悔しい思いをしたことはない。死にたくなるほど情けなかった。

学校で、クラスメートや野球部員が話し合っている場面を見ると、それがすべて「碓井のバカが……」と言っているに違いないと思えて仕方がなかった。この汚名だけは夏の大会でなんとしても挽回《ばんかい》しなければ、と碓井は心に誓った。

昭和二十八年の夏がやってきた。三年生に進級していた碓井は絶好調で、県大会五試合を一人で投げ抜き、許した失点はわずか一点、それもエラーがらみだったから、自責点はゼロである。おまけにノーヒットノーランの快挙までやってのけた。

出場校の増えた現在なら、なんなく甲子園の土を踏めるが、当時は県大会は予選の予選のようなものだから、西中国大会で勝ち抜かなければならない。

広島商、広陵などは、いわゆるスコンクで一蹴《いっしゅう》している三津田高校は、地方大会では優勝の呼び声が高く、〝今年こそ甲子園〟の意気に燃えていた。

広島地方は雨にたたられて、県大会の日程が狂い、三津田高のナインが県大会に優勝して、毛利《もうり》球場に乗り込んだ当日が試合という強行軍で、調整期間はまったくなかった。毛利球場は、旧毛利邸跡の公園の中につくられたきれいな球場で、山陰《さんいん》本線の徳山《とくやま》駅からクルマで十分足らずのところにあった。

三津田高校の西中国大会第一回戦の相手は、豊浦《とよら》高校で両校はともに優勝候補にあげられていたので、この対戦を事実上の決勝戦とみる向きが多く、七月下旬のこの日は、朝からファンが毛利球場につめかけ、試合が始まる午後一時にはスタンドは大観衆でふくれあがった。

碓井は六回まで、決め球のシュートがよく切れ豊浦高を完封する好投ぶりを見せたが、七回の裏に内野守備陣の乱れで二点を失った。

サード若松、ショート谷川がたてつづけにエラーしたうえにライトの森がライナー性のフライの目測を誤って後逸し、二者還《かえ》って同点に追いつかれたのだ。白一色のスタンドに眩惑《げんわく》されて一瞬打球の行方を見失い、一歩前進したために、ボールはグラブの先端をかすめるように外野フェンスに転々ところがっていたのである。

浮き足だった三津田高ナインは八回にもエラーがらみで二点を失い、四対二で惜敗した。

甲子園出場は夢と消えたのである。

卒業間際に、阪神タイガース、南海ホークスの二球団からスカウトに来たが、碓井はプロでのしていくには体力不足だと考えて断わった。ただ、野球はつづけたかったので、関西大学のセレクションを受けて合格、昭和二十九年四月に入学した。関大野球部の合宿に参加していた碓井が郷里の呉に呼びもどされたのはその年の夏である。

土建業を手広く営んでいた父の定美が事業に失敗し、学費がつづかなくなったのだ。定美は友人の借金の保証人となっていたため、返済不能に陥った友人の借金の肩替りをしなければならなくなったことも加わって、土地、家屋などの不動産を根こそぎ手放しても追いつかないほどの負債をかかえた。碓井としてものんびり大学で野球などやっていられなくなった。

碓井は、父の友人で、呉市の市長をしていた鈴木の口ききで、呉造船に入社することができた。市長から「自分が保証人になるので、なんとか頼む」と頭を下げられては否とはいえない。碓井は、四月に遡及《そきゅう》して、高卒の新入社員並みの扱いで呉造船の社員になった。

「優君、人生にはいろいろなことがあるんだよ。きみには、もっと野球をつづけさせてあげたかったし、勉強もしてもらいたかったが、大学で勉強するだけが勉強じゃないからな。大変な試練だが、この程度でくじけるきみじゃないことは、小父《おじ》さんがいちばんよく知ってるよ」

庁舎の市長室で、鈴木市長から懇々と諭されたとき、碓井は涙がこぼれそうになった。

4

碓井優の甲状腺《こうじょうせん》ガンの摘出手術は成功した。碓井は東大病院を三か月で退院し、二か月ほどの自宅療養を経てふたたび戦列に復帰する。

田口連三の後を継いで石川島播磨重工業の社長となった真藤恒は、電算事業に力を入れ、真藤に見出《みいだ》された碓井はコンピュータひとすじに社内で地歩を築いていく。そして、昭和五十二年四月に碓井は電算事業本部電算事業開発センターの所長に就任、コンピュータ・ソフトの外販事業を軌道に乗せ、その後組織改革によって情報システム室電算事業開発部事業開発センター所長となる。

五十四年四月に田口会長、真藤社長が退任し、ブラジルでイシブラス（石川島ブラジル造船所）を成功に導いた生方泰二が呼びもどされて、IHIの社長に就任、第一勧業銀行出身の下山専務が電算事業を担当するようになってから、外販事業に対する方針は大きく変っていくのである。

真藤の退任が決定的となった昭和五十四年三月二十六日と、退任が正式に発表された四月十七日の日記に、碓井は次のように書いている。

昭和五十四年三月二十六日

真藤社長の退任が決定的となった。造船業界で一時代を画した人の引退である。曹洞《そうとう》宗の門徒として、正法眼蔵を愛読し、陽明学にも深い関心を示した行動の人であった。〝真の知は行たる所以《ゆえん》にして、行なわざれば即ちこれを知るというにたりず。未だ知りて行なわざるものなし、知りて行なわざるは即ち是《こ》れ未だ知らざるなり〟常に行動をすべての規範とし、理屈をこねまわすような議論は断乎《だんこ》として排除し、その面では徹底したきびしさをもった人である。

真藤さんは工学博士であり、シントウ船型の生みの親として名高いが、かならずしも物理的なロジックのみですべてを押し進めるタイプではない。むしろ、たしかな哲学に根ざした発想であり、精神面の充実を説いた人でもある。経営にあたっては、まず従業員とその家族の安泰を第一義とし、つねにその志を忘れなかったがゆえに誤解を受けることも少なくなかった。

真藤さんの欠点は、計画的に人を育てることができなかったことではないだろうか。もっとも、禅宗の信者としては自身の考えなり構想といったものの伝承は〝嫡々相承以心伝心〟という禅宗特有の伝燈の説に根ざしており、計画的に後継者を決めることなどできるものではなかったともいえる。

また、〝知行合一〟という行動原理にしてもその根本テーゼは心即理であり、決して事々物々に理を求める姿勢ではなく、その判断は長年の蓄積にもとづく直感力といっても過言ではない。一度決断したあとの集中力は強烈で、そのことにかけるときの姿は、まさに身心脱落せる境地といってよかろう。このように、何事につけてもカリスマ的経営者であったといえる。

〝仏道をならうというは自己をならうなり。自己をならうというは自己をわするるなり。自己をわするるというは万法に証せらるるなり、万法に証せらるるというは、自己の身心および他己の身心をして脱落せしむるなり、悟迹の休歇《きゅうけつ》なるあり、休歇なる悟迹を長長出ならしむ〟

これは真藤さん自身の心の書である正法眼蔵の中の一節である。

昭和五十四年四月十七日

真藤社長の退任が正式に発表された。今後の去就が注目されていたが、田口会長ともどもたんなる相談役ということで、経営から完全に手を引くかたちとなった。問題の多い時期のトップ交代である。生方新社長のご健闘を祈りたい。

このトップ交代にともない、橋本電算室長の転任も決定した。今後は無任所の取締役として事務合理化を担当するということである。このところ合理化委員会はなにかにつけて批判されてきたが、これは大筋では認識の違いに根ざしている。

まず第一には電算室と電算化企画室の相違である。第二にはシステム・エンジニアとプログラマー、オペレーターの違いである。第三には事業指向と本社指向の相違である。

第一の問題は、担当する常務の認識にも大きく左右されるが、この問題は当社の電算部門の歴史を抜きにしては語れない。全体にいえることではあるが、史観を入れない議論など不毛以外のなにものでもない。

ことの起りは事務管理部に端を発する。この時代は電算といわれるものの概念がすべてにおいて事務の合理化という形で統一されており、当時の寺内常務の〝企業におけるすべての活動は、原価、財務に集結される〟という理論で支配されていた。現象面ではまさにそのような事務の流れとなっている。これを全面的に否定するものではないが、その根底にはあくまでも事務というものが主体となっており、その流れを克明に追った結果の結論である。

しかしながら、当社は銀行でもなければ商社でもない。生産会社である。銀行は業務そのものが金の扱いであり、電算化の狙いもおのずからきまって来る。商社は先を見ながら、その都度の一発勝負のものから新しい企画商品まで、変り身の速さが身上であり、開発したシステムも場面に応じて思い切りよく切り捨てることが必要となる。

したがって生産をベースにした場合と、事務というものをベースにした場合とでは、電算化の考え方が基本的に異なる。電算化そのもののとらえ方からいうならばどちらが正しくどちらが悪いと断じることはできないが、電算化のあり方ということになれば、何の目的のために電算を手段として使うのかというところで間違えば大きな問題を残すことになる。

昭和四十二年、高度成長のまっ只中《ただなか》で生産の合理化のために電算化を手段として使う動きが出てきた。それが相生プロジェクトであり、当時の真藤副社長が陣頭指揮されたときを境に急激な高まりを迎え、ライン化によるライン主導型の開発というかたちをとりはじめたのである。このころから電算化というものが全社に定着をはじめるとともに、組織を越えたプロジェクト単位の開発が軌道に乗り、横の連携がより重視されるようになってきた。

このライン化の動きは生産というものをベースにおくかぎり当然起るべくして起ったともいえる。なぜなら、事務というものはあくまでもルールであり、より規制色が強く、あらゆる行動を規定し拘束することであり、中央に集中するかたちをとらざるを得ず、その意味においてはクローズで専門分野を中心として開発する方向に進むのは当然である。

ところが、生産というものはダイナミックに変動するものなので、実態を知らないかぎり真のシステム開発などできるものではない。さらに技術的な幾多の問題がともなうと同時に、合理的なルーチンワークにするためには、生産物の標準化は絶対に欠かせないし、そのデザインの段階での合理化が帰趨《きすう》を決することになる。その意味においてライン化は当然の帰結である。

だが、この時代は高度成長期であり、生産物が売れる売れないの心配はまったくない時代であった。開発といっても、あくまでも生産効率を高めることを主眼としていたのである。

その後、昭和四十六年のドルショック、昭和四十八年の石油ショックと世界経済をゆるがす大事件により大不況に見舞われることになった。結果としてこれまでに開発したシステムは在庫を生み出すシステムとなり、通常果たしていた機能は完全にマヒ状態となった。このあたりから電算化というものが単に現象面だけをとらえて、その効率化のみに利用してもそれをとりまくより規模の大きな環境の変化には対応できないことが明らかになってきた。

昭和四十六年頃から社内では経営の方針としてシステム・エンジニアリングを手段として、電算化にともなう各種の専門知識と開発の経験を利用していく方向に変ってきた。考えてみれば、システム・エンジニアリングといわれるものは電算化を抜きにしては語れないのは当然であり、コンピュータの発展の歴史とともに形を成してきたといえる。

ところが、このエンジニアリングなるものがいかなる性格のものか、ましてそれを商売としてコマーシャルベースにのせるためにはいかにあるべきかということがこれといった定義が無いため、いろいろな角度からトライしてみるしか方法がない。外販もこの時代に出発したのである。

このように電算化というもののとらえ方の変化によってわれわれ電算室の進む方向に複雑な問題と多様性がともなってきたといえる。

第二点のシステム・エンジニアの考え方、とらえ方についてはここ数年来絶えずそのあるべき姿を求めつづけてきたのであるが、これもいまだ明解な定義はない。

ただし、はっきり見えてきたのは、従来のようにコンピュータを動かす知識と若干の対象における実態を知っていればシステム・エンジニアとして役立っていた時代は去ったということである。なぜなら、今日までの電算化なり、システム化なりはその主目的が生産効率を高めることにあったため、他に外界のわずらわしい手のとどかない情報にたずさわる必要がなかったからである。

しかしながら、今日のようにまずそのものが売れるか売れないかといったことから、省力化した結果の余力の活用まで、それが存在するためのすべての環境における事象を情報の対象として扱わねばならない情況のなかで、ある目的に向けてすべての条件を包含しつつ統合する能力をもったシステム・エンジニアなど皆無に近い。したがって、今後のシステム・エンジニアは、鋭い感性ですべての環境を観察し、異質なものをある目的に向けて総合する能力が求められるといえよう。

この世のものはすべてにおいてまったく無関係のように見えて決して無関係ではない。そこには自分なりのしっかりした世界観がなければならない。高度成長時代は世界的規模で物質的な豊かさを求めつづけた時代である。その結果、車、テレビ、電子レンジと便利な物はどんどん庶民の手に入るようになった。

しかしそれが人口密集を生みだし、公害問題を起し、狭い家とすしづめの乗物といったこせこせとした都市生活をつくりだし、果たしてこれが人間生活の豊かさを求めつづけた世界だろうかといった反省を生みだすにいたった。今後は安定した精神的な豊かさも合わせて追求し、生活というものを根本的に見なおす時期に入ったといえる。資源も有限であることに気がついた。

したがって、今後産業はこのような生活のあるべき姿のなかでバランスをとった開発を行ない、世の中のニーズに対応しなければならない。鉄骨、ゴミ処理、水処理、ボイラーといったように単体をがむしゃらに売る時代は十年も過ぎれば姿を消すことになる。生活のための都市計画のなかで、バランスをとったシステム作りが優先され、すべてがそのコンセプトに従って開発されることになる。これこそシステム・エンジニアリングである。

そのためには特定のハードが頭にこびりついていたり、特定の分野以外はかいもく解らないようでは役に立たない。今後は、システム開発にしろ、プラント・エンジニアリングにしろ、自社の知識なり経験なりでまかなえる範囲は三分の一程度であり、ハードにおいても同程度の割合でしかないと思われる。プラント受注におけるむつかしさは何といってもこの自社以外の未知の分野におけるエモーシャルな部分と、見積設計のむつかしさである。これを把握し、その分野の人間と、人と人のつながりをもたないかぎり完全なものとはならない。

しかも、その関係は今日までのように営業というかけひきの場においてできた人間関係とは異質なものであり、そのような関係のなかからはこの問題解決に役立つものは生れてこない。それはある共通の目的で、相手を助けるかたちで、共に働いたという共感がなければ深く相手を知ったとはいえないし、真の人間関係は生れてこないからだ。

その意味において電算の外販はひじょうに大きな意味をもつと考える。ユーザーから金をもらって、その価値を認めさせながら、まったく妥協のない環境のなかで教育されているのであり、それが将来の布石となる。外販の最大のメリットはここにあるのであって、それ以外は副次的な問題だ。目先のことを考えればあまり意味はない。第三点はこれらのことを事業として拡大するか、あくまでもアルバイト的な本社部門という考え方をつらぬくかであるが、本社部門といっても、本来組織は企業活動を便ならしめるための方便にすぎず、未来永劫《えいごう》のものではない。私見としていうなら、あくまでも狙いをどこにおき、どの程度の長期的視野に立つかである。

情報産業における事業の将来方向をめぐって、各種の議論がなされているが、企業の将来方向と無関係にやれるものではない。問題は情報というものの定義とその企業における情報機能の掌握のしかたにもよるが、先のプラント・エンジニアリングの時代を想定し、企業がソフト産業に脱皮するのであれば現時点の体質（重工業的）で移行するなら一番問題となるのはプレゼンテーションの技術である。

今日までの重工業の生き方は、高度成長の波に乗って設備投資関連の巨大な単体の生産に邁進《まいしん》して来た関係で、プレゼンテーションについては劣悪である。ところがソフト産業というものは形のないものを売るだけにこの優劣が勝敗を決することになる。IBMの例をみても、開発されたソフトの思想を充分に考慮したかたちで、ありとあらゆる面から説得の材料を用意し、表現には必要以上に神経を使い媒体もひじょうに豊富である。これによって形のないむしろ思想を売るに近いむつかしさをカバーしているのである。

すなわち、この種の営業はその人の表現力と説得の技術に左右される面が大きいといえる。したがって営業マンの経験の不足とアンバランスをカバーし、最小限相手に伝えなければならない基本的な思想を普遍化しているのである。今後はこの種のことはシステム開発の経験を抜きにしてはできる相談ではない。

さらに進めば、現在は広報、宣伝、印刷と分業化されている産業もハード的にその境が区分できなくなるであろう。ここにもめだたないかたちで産業構造の変革は確実に進んでいるといえる。かくして、五―十年後は情報加工産業として一本化されることが充分予測されることである。したがって、将来の企業が進む方向で一歩でも先んじようとすれば、この問題を無視しては成り立たなくなる。

その意味において、第三セクターとして情報加工産業に手をかけ、事業的に拡大しておくことは将来の重要な布石となるはずだ。これを本社部門として従来どおりの組織で運営しようとしても無理がある。むしろ、金で買ってもらえる体質に切り換えておかねば禍根を残すことになろう。

第五章　辞表提出

1

四月十九日の日曜日、めずらしく碓井は終日自宅にひきこもっていたが、どうにも気持が落ち着かなかった。

妻の昭子に、ＩＨＩを退職することを話そうか話すまいか迷っていたのである。

昭子が買い物に出かけている間に、辞表は用意したが、とつおいつしたあげく結局言いそびれてしまった。

あくる日、碓井は出勤するなり上司である情報システム室長の中川に辞表を提出した。

「なんですか」

中川は、白い封筒をデスクの上に置かれて、眼をしばたたかせながら碓井を見上げた。

「退職願いです」

「誰が会社をやめるんですか」

「私です」

「えっ、きみが……」

中川は一オクターブ高めた声を発して、封筒をとりあげて中をあらためた。

退職願

私儀

今般一身上の都合に依り、退職致したく此《こ》の段御願い申し上げます。

昭和五十六年四月二十日

碓井　優

石川島播磨重工業株式会社

取締役社長　生方泰二殿

「会社をやめてどうするの？」

「これからゆっくり考えます」

「そう。ま、きみのことだから心配するには及ばんか」

「気持が変らんうちに早く受理してください」

「……………」

中川は当惑したように額に手をやっているが、内心はほっとしていたかもしれない。この二年ほど碓井は仕事らしい仕事もしていないし、外販事業の撤退をめぐって中川に徹底的に楯《たて》突いてきた。

この人とは最後まで気持が触れ合うことはなかった。俺との間に立った古沢や森山には迷惑をかけたな、と碓井は思う。

碓井の辞表は、それを提出した四月二十日付で受理された。中川から慰留の言葉は聞かれなかった。慰留されて撤回するような碓井でないことはわかっていようし、心にもないことを口にする気になれないのは当然だとしても、こうもあっさりと受理されると、なんだかおもしろくない。

碓井自身「気持が変らんうちに早く受理してくれ」などと可愛げのないことを言っておいて、勝手なものだと思うが、嘘でも慰留の言葉の一つもかけるべきだし、「長い間ごくろうさん」のひとことぐらいあって然《しか》るべきではないのか――。四半世紀以上にわたって、ＩＨＩに勤めてきたのだ。

碓井は、昼過ぎに退社し、新宿三丁目の事務所へ顔を出した。顔を出したというには当たらない。誰が待っているわけでもないのだから。だが、感傷にひたっている時間などはない。杉本と会って二週間になるが、まだ返事はなかった。慎重居士の杉本らしいが、万一、杉本の参加が得られなかったとしても、もはや矢は放たれたのだ。

夕方になれば、同志が集まってくる。すでにスピンアウトすることを表明した四十数人がリストアップされ、二か月後の六月末日までにIHIを退職する手はずになっていた。

2

狭い事務所は夕方、六時を過ぎるころからどこからともなく人が集まり、むんむんとした熱気につつまれる。きちっとネクタイを締め、頭髪も七三に分けた風体いやしからぬサラリーマンらしき男たちだから、管理人も胡散臭《うさんくさ》いとまでは思っていないようだが、それにしても夜の十時、十一時過ぎまで連夜声高に議論しているというのも普通ではない。

碓井がソファに脚を投げ出すように坐《すわ》ってぼんやり煙草をくゆらしているところへ、ショルダーバッグをぶらさげた杉本がぬっとあらわれた。

「おう！　来てくれたんか」

碓井は、はじかれたように起《た》ちあがった。

「長い間、ごくろうさんでした。考えてみれば、碓井さんのような個性の強い人がよう二十何年もサラリーマン稼業をつづけたのう」

「…………」

げてきた。

杉本に両手でつつむように握手されて、碓井は不覚にも喉《のど》もとへ熱いなにかが突きあげてきた。

「わしもまぜてもらう。ＩＨＩに残って、あんたとコンペティティブな関係になるのはかなわんがのう」

「よう来てくれた。待っとったんだ。出張で来たんか」

「いや、休みをとった。あしたは土曜日じゃから、ゆっくり話をさせてもらおう思うとる」

「そのうち、わいわいみんな集まってくる」

「そうじゃろう。きょうは大将の門出じゃのう」

「それで杉本はいつ辞表を出すつもりじゃあ?」

「早いほうがええ思うとるが、あんたの辞表提出と接近し過ぎて、いらぬ詮索《せんさく》されてもようないから、連休あけぐらいでどうじゃろう思うとる」

「それではおれにつづいて第二号ちゅうことになるのう」

「わしは、二週間かかって女房と両親を説き伏せた。女房には泣かれたが、わしを信じとらんのかいうたら、信じるいうてくれたんじゃ」

「もう話したんか。奥さんの口からよそに伝わることはないか」

「安心してくれ」

「おれは、今夜ヵミさんに話そう思うとる」

「話しとらんの?」

杉本はあっけにとられたようだ。大きな吐息が洩《も》れた。

「そらあ、きついのう」

「前哨戦《ぜんしょうせん》みたいなことはあったんじゃ。もう察しとるじゃろう。いまさら辞表をとりもどしてくるわけにもいかんし、あきらめもつくじゃろう。ちょうどええ、今夜うちに泊ってくれんかのう。杉本はカミさんに信用あるからのう」

「かんべんしてもらうわ。修羅場へのこのこ顔出したらろくなことはないじゃろう」

杉本は、この二週間の妻とのやりとりを思い出して、思わず身ぶるいした。なにげなくさすっている杉本の頰が雄井の眼にも心なしかやつれて見える。

「杉本は、呉の情報システム部門の支柱だから、会社は眼の色変えて慰留するじゃろうが、俺は一身上の都合について理由も訊《き》かれなかったんじゃあ」

「そんな阿呆《あほ》な……」

「ほんとうじゃ」

「わしは女房の算盤《そろばん》塾を手伝ういうて会社やめるわ。塾の方が実入りもいい言うてな」

「それはいい。それで押しとおしてほしいのう」

雄井はスピンアウト予定者のリストを杉本に手渡しながら言うと、杉本は表情をひきしめ、睨《にら》みつけるような眼をリストに向けた。

「よう集めたのう。呉から確実に参加する者がこれだけおるんじゃ」

今度は杉本がメモを雄井に示す番だった。

「ほう。十一人も」

「まだ声をかけておらんが、かければ可能性のある者がほかに七、八人はおる思うとる」

「さすが杉本じゃのう。これだけスピンアウトすれば呉の情報システムセンターは機能しなくなるのう」

「会社の方針にみんな動揺しとる。方向を失って右往左往しとるところへあんたの話が降ってわいた。絶妙のタイミングなんじゃあ。ミニ経協の影響は大きい。下山専務が有能なシステム・エンジニアをスピンアウトに追いやったことはたしかじゃろうが、それにしても碓井優の吸引力はたいしたもんじゃのう」

「おれじゃない。杉本が人心を収攬《しゅうらん》しとるからじゃろう」

碓井はソファから起って、ジャーの湯で茶をいれた。

杉本がうまそうに茶をすすって言った。

「碓井さんに茶をいれてもらえるとは思わんかったがのう。早いとこ、女子《おなご》事務員を雇わなあ」

「そう思うとる」

「ところで、資金計画じゃが、わしは三億円必要じゃいうたが、資本金二億円、運転資金二億円で四億円ほしい思うとる。詳細なキャッシュ・フローをつくらねばならんのう」

「そうか。四億円なあ」

「それと、仕事量をおさえるためにユーザーごとにシミュレーションをやらないかんがのう」

「それは、おれも考えとった。交通公社、ソニー、京王デパート、ホテルセンチュリーハイアット……まだいくらでもあるが、一つ一つのユーザーごとに、徹底的にシミュレーションやらないかんとみんなにもいうとるんじゃ」

碓井がそう言って湯呑《ゆの》みに手をのばしたとき、電話が鳴った。

「はい、碓井です」

「福田です。先日はどうも……」

「いやあ、福田社長、呉ではえらいお世話になりました。近日中にお目にかかりたいと思ってました」

「いま、会社へ電話をかけたら、きょう退職されたということだったので、先日ここの電話番号を聞いてましたから……」

「それはそれは」

「上京して、碓井さんにお会いしたうえで、きちんと話すべきなんじゃが、どうも言いにくくってかなわんのじゃが……」

碓井の顔色が変った。碓井を見上げる杉本が不安そうにまばたきしている。

「いずれにしても一度会ってください。いまからでも駆けつけます」

碓井優は、懸命に声を押し出した。声がかすれている。

電話が切れた。

「もしもし、もしもし……」

受話器に向かって呼びつづける声がむなしく響く。碓井は額ににじんだ汗を受話器を握った左手の下膊《かはく》で乱暴にぬぐいながら、呉興産のダイヤルをまわし始めた。０８２３—２５—×××の十桁《けた》の電話番号を碓井は正確に記憶していた。

「ＩＨＩの……」と言いさして、碓井は言いなおした。

「ＩＨＩにいた碓井です。福田社長をお願いします」

「少々お待ちください」

交換手の声が再び聞こえるまでの二分ほどの間、碓井はデスクの前に棒立ちになって、ソファの杉本に背中を見せたまま無言で電話機を睨みつけていた。

「お待たせしました。社長は外出してきょうは社へもどらないということです」

「いままで私と電話で話していたのですが、途中で電話が切れたものですから」

「秘書とかわりましょうか」

「お願いします」

碓井が初めて杉本のほうをふり返り、けわしい顔で言った。

「こんなふざけた話があるか」

「居留守を使われるようじゃ脈がないじゃろうのう」

「まだ諦《あきら》めるのは早いが」

碓井が電話にもどった。

「碓井です。先日は失礼しました」

「申し訳ありません。社長は急ぎの用がありまして、たったいま外出しました。ほんとうに申し訳ありません」

若い女性秘書のおろおろした様子が受話器から伝わってくる。

「あしたの午後にでもお邪魔するつもりですが、社長のご都合はいかがでしょうか」

「あのう、あしたは出張の予定がありまして……」

「ともかくお伺いします。福田社長によろしくお伝えください」

こんどは碓井のほうから電話を切った。

碓井は、ソファに腰をおろし、思い詰めたような顔を杉本に向けた。

「強引とは思うが、あした呉へ行くつもりじゃ」

「福田社長が会わんいうたらどうする？」

「無駄足でも仕方がない。電話一本で済む話じゃないけんのう。なにも訊かずになかったことにしてくれ、の一点張りじゃあ。そんなことで納得できるか」

「福田社長が態度を変えた理由はなんじゃろうのう」

「わからん。ＩＨＩから横槍《よこやり》が入ったとは思えんが、ＩＨＩに気がねしていることは間違いない」

「ＩＨＩに露顕した可能性はないじゃろうかのう」

「そんなばかなことがあるか」

碓井の表情はほとんどひきつれている。

「それはわからんのう。断定はできん。すでに数十人の者が計画を知っているんじゃから、ＩＨＩの首脳部に聞こえてもおかしくはないじゃろう」

「仲間の誰かがリークしたとでもいうんか」

「すすんで洩らしたいうことはないじゃろうが、家族とか、いろいろ考えられるのとちがうかのう」

「………………」

「いずれにしても計画を急がねばならんのう。資金計画は練りなおすとして、呉興産のことは当分の間二人かぎりにしといたほうが無難じゃろう。みんなを動揺させてもいかんし……」

杉本は冷静だった。

六時を過ぎるころから、新宿伊勢丹裏の雑居ビル三階の三〇七号室に石川島播磨重工のシステム・エンジニアたちが続々と集まってきた。杉本は、最前まで碓井と深刻な面持ちで話していたのが嘘のように、古沢や三宅たちとにこやかに握手をかわしている。

碓井のほうは意気あがらずつい仏頂面になりがちだが、二十数年勤務したＩＨＩを退職して、さすがの大将も感傷的になっているのだろうぐらいにしか思われていないらしく、誰もさして気にしていないようであった。

杉本の参加でみんなの気持が沸きたたぬはずはない。それに水を差すつもりはないが、碓井はみんなの話はうわの空で、福田社長をどう攻略するかを懸命に考えていた。事務所には十数人が顔を出し、辞表提出のタイミングなどについて意見を調整している。

「あしたの朝、呉へ行かなければならないから、きょうは失礼させてもらうぞ。近くの鮨屋《すしや》の座敷を予約しておいたから杉本の歓迎パーティをやってくれ」

「ちょっとだけつきあってくださいよ」

森山が唇をとがらせたが、杉本がそれを制した。

「いや、きょうは黙って帰してあげたほうがいいじゃろう。碓井さんはまだ奥さんに、会社をやめたことを話してないんじゃあ。さっきから武者ぶるいしとるのがわかるじゃろう」

「それは大変ですねぇ」

「誰かついていかなくていいですか」

「くわばらくわばら」

中には茶化しているのもいるが、わが身に照らして考えれば、「女房に話す」ことの重大さがわからぬわけはない。それを思うとそら怖ろしくさえなり、とても一人では話せないと思っている者がいたとしても不思議ではなかった。碓井にしてはめずらしくしんみりした口調で言った。

「俺は女房のことは、そう心配していない。しかし、俺のように辞表を受理されてから話すのは、やめたほうがいいと思う。奥さんとの信頼関係をそこなうことのないようにやはり辞表を出す前に話すべきだろうが、申し訳ないがもうちょっと話すのを待ってほしい」

碓井は、鮨屋に顔だけ出して、乾杯のまねごとをし、茶を一杯飲んで帰った。まさか杉本がきょう上京して来るとは思いもよらなかったので、碓井自身の辞職と再出発を仲間に祝ってもらうつもりだったが、呉興産の福田社長からの電話で、気持のうえでそれどころではなくなったのである。

満員の快速電車に揺られながら、碓井は懸命に福田社長をして翻意させる手段を考えた。福田は、電話で「ＩＨＩの上層部に知られないという保証はない」と言っていた。杉本の茫洋《ぼうよう》とした風貌《ふうぼう》が眼に浮かんだ。

杉本の女房の口から呉工場の幹部に伝わり呉興産に圧力がかかる——疑い出したらきりがないが、そうとれないこともない。もっと悪く勘ぐれば、スピンアウトにあれだけ反対していた杉本のことだから、杉本自身が手をまわしたとは考えられないだろうか。

三宅や野中たちと交歓していたときの、杉本の悠揚迫らぬ態度はどうだ。ここまで考えて、碓井は吊革《つりかわ》に躰《からだ》をゆだねながら、頭をひと振りして、邪念を払いのけた。疑心暗鬼になったら、際限なしに落ち込んでいくだけである。

3

その夜、碓井は九時に帰宅し、妻の昭子にきょう四月二十日付でＩＨＩを退職したことを打ち明けた。

昭子は、多少の予感があったと見え、落ち着いていた。

「おかしいと思ってました」

「おまえに反対されて、気持がくじけてもいかんから、黙ってたんだ」

「こんなおかしな夫婦ってあるかしら。会社に辞表を出す前に相談してもらえない女房の身にもなってください」

「すまん。しかしなあ、杉本にも古沢にも、森山にも、三宅だってそうだが、全員に口止めしておきながら、俺だけがでれでれして女房に話したんじゃ、仲間を裏切るようなもんじゃろう。男としてそんなことはできんがあ」

「なにが、でれでれですか。あなたは、よそさまの家庭までこわすようなことをしてて、それで責任が持てるんですか」

「大げさなことをいうな」

「これが大げさですか。私だって、ほとほと愛想が尽きますよ」

「杉本の女房は、亭主を信頼してるといって納得したそうだ」

「それでは納得のいくように話してください」

碓井は、石川島播磨重工を脱藩するにいたった経緯《いきさつ》を昭子に説明した。

「われわれの計画はかならず成功する。練りに練った計画なんだ。八十人の仲間が俺を信じて俺についてきてくれる事実を考えてくれ」

話していて、碓井はふと不安になった。呉興産の福田社長の赭《あか》ら顔が頭の中をよぎったのである。

「私たちに子供がいたら、絶対に反対してたでしょうね。子供がいなくてよかったわ」

昭子はしみじみとした口調で言った。それは、碓井の胸に苦い思いをともなって滲《し》み込んでくる。結婚後間もなく、昭子は子宮筋腫《きんしゅ》に冒され、子供を産めない躰になっていた。医師からその宣告を受けたときの昭子の嘆きようといったらなかった。一晩泣き明かしてもまだ泣き足りないでいる昭子に対してなぐさめる術《すべ》を知らず、どうにも持てあましたのを碓井はおぼえている。

「わたしたちは失敗したら首をくれればいいかもしれませんが、ほかの人たちはそうはいきませんよ」

「わかっている。あした呉へ行かなければならない。朝が早いから、寝るぞ」

あすは、福田社長をなんとしても説得しなければならない、と碓井は思った。

4

あくる日、碓井は七時の新幹線に乗車するつもりだったが、眠りが浅く四時過ぎには眼がさめてしまったので髭《ひげ》をあたって五時過ぎに家を出て、東京駅発六時十二分のひかり号で広島へ向かった。広島駅から呉線に乗り換えて呉駅に着いたのは午後一時である。

福田社長は不在だったが、かわって実弟の副社長が碓井を迎えた。社長の兄は昭夫、弟は和夫といい、両人とも碓井とは旧知の間柄である。

「社長は、よんどころない用件ができまして外出してます。えらい気にしてましたが、くれぐれもよろしくと言ってました」

福田和夫は、兄より三歳年下で五十そこそこといった年恰好《としかっこう》である。太《ふと》り肉《じし》だが上背もあり、堂々たる押し出しだ。碓井と福田兄弟のつきあいは、碓井が呉造船で資材を担当していたころからだから二十年になんなんとする。当時、碓井が呉興産の合理化で知恵を出したり便宜をはからったこともあるし、碓井の配下にあったIHIの呉・情報システムセンターが呉興産のコンピュータ・システムによるオンライン化を手がけたこともある。いわば、碓井のほうからいえば相当な出超で、無理をいえる仲だからこそ、出資を依頼し、福田社長も快諾してくれたのではなかったのか。

どんな事情があるにせよ電話一本で断われる筋あいではないはずだ。俺が東京から駆けつけてくることが分かっていて、よんどころない用件もないもんだと碓井は腹が立った。副社長の対応にしても、他人行儀というか、どこかよそよそしい。

「社長から、話は聞いてくれてますね」

「ええ、おおよそのことは」

「それなら、副社長からも口添えしてくださいよ。私は、福田社長に、私の手の内をすべてお話ししました。社長は百パーセント理解し、共鳴もして、胸をたたいてくださった。一億円の出資をＯＫしてくれたのです」

「聞いていますよ。私自身、社長から相談を受けたとき、碓井さんには恩義がありますし、杉本所長にもよくしていただいていますから、即座に賛成したのです」

「それでしたら、なぜ……」

碓井は、ソファから身を乗り出し過ぎてセンターテーブルに膝頭《ひざがしら》をしたたかにぶつけたが、構わず話をつづけた。

「なかったことにしてくれなどとおっしゃるんですか。それともわれわれのプランに疑問の点がおありなら、なんなりと指摘してください。会社設立計画については、あらためてご説明させていただくつもりでしたが、なんならいまお話ししましょうか」

「いや、その点はわかっているつもりです」

福田は、碓井がアタッシェケースを開こうとしたので、手を振って押しとどめた。

「投資の対象として、一点の疑念も持っているわけではありません。当方に出資できない事情が生じたということです」

福田は、碓井の射るような視線を外して、テーブルのティーカップに手をのばした。

「私は、一億円でいいのか、という福田社長のお言葉に甘えて、二億円に増資をお願いしようと思ってたくらいです」

「碓井さんには、なにかペナルティみたいなことを考えたいとは思ってるんですが、出資の件については、ご容赦願えませんか」

「いま呉興産さんに、そっぽを向かれたら、われわれの計画は挫折《ざせつ》します。福田社長の支援が得られるからこそ、私は計画の実行に踏み出したのです」

「それを言われると、当方もつらい」

「杉本が計画に参加してくれることはご存じですか」

「ほう、杉本所長まで……」

福田は吐息をついた。切なそうに渋面をあらぬ方へ向けている。

「杉本は、五月の連休あけに会社に辞表を出す手はずになっています。じつは、私は昨日辞表を受理されました。私のあとに、杉本をはじめ八十人がついて来ることになっています。八十人の生活と将来がかかっているのです。しかも、われわれにはコンピュータ・システムの外販事業を守るという大義名分があります」

「…………」

「納得できる説明が得られるまで、御社の玄関前に坐《すわ》り込むぐらいの覚悟はありますよ。IHIから圧力がかかったとか、そういう理由でもあるんですか。絶対にそんなことはないはずですがね」

「それが、そうでもないのです……」

福田は話そうか話すまいか迷っているように、ぼそぼそした口調で言って、セブンスターをくわえた。テーブルから卓上ライターを取って煙草に火をつけるまでの福田の緩慢な動作をじりじりする思いで碓井は見ていたが、福田は黙って煙草をくゆらしている。

碓井はたまりかねて先をうながした。

「そうでもないって、どういうことですか」

福田は、指の間でふすぶる煙草の灰を灰皿に落して、溜息《ためいき》を洩《も》らした。

「じつは、出資に反対したのは私なんです。社長は、多少のリスクをおかしても、出資すべきではないかと主張しました。碓井さんとの男の約束を破るわけにはいかんという兄貴の気持もわかります。しかしねぇ、うちはＩＨＩにかなりの程度寄りかかってますから、ＩＨＩに取引停止を申し渡されたらどういうことになりますか。つまりこれは、当社の生死《いきしに》にかかわる重大なことなんですよ」

「どうしてＩＨＩから取引停止を申し渡されることになるんです？　飛躍してませんか。私は、呉興産から資金が出ているなどとは口が裂けても他言するつもりはありませんよ」

「いや、ＩＨＩのある筋から注意を受けたのです」

「まさか」

碓井は絶句した。

「ＩＨＩが当社のカネの流れを調べようと思ったら、簡単なことでしょう。あなたがたが結果的にＩＨＩに弓を引こうとしていることは誰の眼にも明らかです。それに加担したとなったら、どうなりますか。確実にＩＨＩは当社に制裁を加えるでしょう。この件で兄貴と激論になりましたが、最後は、私の意見を容《い》れてくれました。会社を守るためには、多少道義的に問題があったとしても、眼をつむらなければなりません。社長の苦衷を察してやってくれませんか」

「信じられません。ＩＨＩのある筋とは、どういう筋ですか。特定してくれませんか」

雄井は気色ばんで、福田を睨《にら》みつけた。

「それは勘弁してください。ＩＨＩ東京工場のある幹部が呉工場のある幹部に、雄井さんがＩＨＩをやめて、ソフトウエアの会社をつくるらしいと話したそうです。呉工場のその幹部は、私どもが雄井さんと個人的に親しいことを承知してますから、そんな噂があるが聞いていないか、とさぐりを入れてきたのです」

東京工場といえば野中、三浦のほか十数人の同志がいる。かれらから、漏洩《ろうえい》する可能性がないとは言い切れない。

「まさか、呉の幹部が杉本ということはないでしょうね」

「だって、杉本さんはお仲間でしょう」

唖然《あぜん》とした顔で、福田は訊《き》き返した。

「ええ」

「私が、話を聞いたのは昨日の朝です。杉本に訊けばわかるかも知れないが、休んでいるので、とその人は言ってましたよ」

「そうですか」

雄井は、一瞬たりとも杉本を疑ったことを恥じた。

「ＩＨＩから雄井さんが抜け、杉本さんがおやめになる。まだまだほかにも退職するかたがたくさん出てくるとなると、これはやはり事件ですな。お気を悪くしたら許していただきたいが、私は、このことが事前に洩れて、別のルートで私どもの耳に入ってきてよかったと思ってます。出資したあとでは、どうにも挽回《ばんかい》のしようがありませんからねぇ」

「取り越し苦労というか、過剰反応のように思えますが」

「いやいや、そんなことはありません」

福田の口調には断固としたひびきが感じられた。押しても引いても通じそうにない。

碓井は一敗地にまみれたような気がした。

福田兄弟をいくら攻めても出資の約束を履行させることは不可能であろう。

「碓井さんが元のサヤに納まることは考えられませんか。ＩＨＩとしては、願ってもないことだと思いますが」

「ふざけないでください。男としてそんなみっともないことができますか。これは、こころざしの問題です」

さすがに碓井は声をふるわせた。

夕食でもどうかと誘われたが、もちろん碓井は受けるつもりはなかった。

「杉本や私のことは一切伏せておいてください」

帰りしなに碓井が念を押すと、福田は「もちろんです。昨日もいっさい関知していないと言っておきました。それでなくても、痛くもない腹をさぐられることになるんですから」と、こたえた。

呉駅で電車を待っているとき、碓井は、なんの脈絡もなしに篠田正浩の顔が眼に浮かんだ。

篠田は「処刑の島」「心中天網島」「沈黙」「悪霊島」などの作品を通じて、卓越した映像感覚と日本的な様式感覚で無常観を表現しつづけてきた映画監督だが、碓井とはゴルフ仲間でもあり、十年ほど前、碓井がIHIのPR映画の製作にタッチしたとき篠田に相談をもちかけ協力をとりつけたことがあった。

呉は、戦艦「大和」を生んだ造船所としても知られているが、碓井と篠田は意気投合し、碓井は呉の旅館で「大和」の映画化を篠田にけしかけ、夜っぴて劇映画「戦艦大和」について語り合ったことがある。篠田は「大和」の映画化に気持を動かし、本気で東宝映画に企画を持ち込んだ。

ふたりが呉の旅館で夢中で話し込んだなかで、「大和」は、古いタンカーを改造すればなんとかなる。タンカーの確保については碓井が責任をもって担当する、といった確約まででし、ファースト・シーンにまで踏み込んでいる。

「大和」の建造は極秘裡《り》に進められたが、進水直前の「大和」をある少年が偶然造船所の塀の穴から覗《のぞ》き見るところがファースト・シーンになるはずであった。スクリーンいっぱいに「大和」が姿をあらわす迫力ある映像を想像するだけで碓井は興奮した。しかし、タンカーの改造費だけでも十億円を下らないという膨大な製作費のため戦艦「大和」は幻の映画に終ったが、篠田は陸上の長距離、碓井は野球と青春時代、共にスポーツに打ち込んだ心やすさや同世代というよしみもあって、その後も両人は渝《かわ》らぬ交際をつづけている。

篠田にも一口乗ってもらおうと、呉駅で碓井は考え、東京に帰って早速協力を求めている。篠田は、「出資などと分不相応なことはできないが、碓井個人に用立てるということなら多少のことは考えてもいいよ」と返事をし、碓井を激励してくれた。

前後するが、碓井は、呉駅で篠田の顔を思い出したことで、いくらか気持が楽になり、挫《くじ》けてはならじとその足で同じ広島県内の風早《かざはや》町に向かった。

風早町に、榊原《さかきばら》造船という中堅の造船会社があるが、この会社には以前コンピュータ・システムを売り込んだこともあり、社長の榊原と碓井は懇意にしていた。断わられて元々といった軽い気持で出資の件を持ちかけてみようと思い立ったのである。

このまま手ぶらで帰ったのでは、杉本たちに合わせる顔がないという意地もあった。軽い気持が次第に、切迫したものに変り、面会して計画の経緯をるる説明しているときの碓井の迫力に、榊原はたじたじとなって、一千万円の出資をその場で約束している。

碓井は、その夜は榊原邸に泊めてもらい、余勢をかって、翌日、四国の今治《いまばり》に足をのばした。西島の伊予造船を訪ねて、二匹目のどじょうを狙ったのである。長距離電話で、中谷社長のアポイントメントを取りつけたうえで西島に赴き、ここでも一千万円の出資を引き出すことに成功した。

5

碓井が今治から再び呉へまわって、東京から帰っている杉本と会ったのは二十三日の夜である。市内の杉本宅で、碓井は杉本夫人心づくしの手料理をご馳走《ちそう》になった。

「家に帰って来るとそこそこそせずにすむだけ気が楽じゃのう」

「外でこそこそする必要があるか。杉本も堂々と胸を張っておったらええじゃろう。IHIがコンピュータ・システムの外販事業から撤退したら、そのユーザー対策はどうなるんじゃ。われわれが残された仕事を継続すれば、IHIはユーザーから恨まれずにすむ。つまり、IHIと、われわれ脱藩組は本格的に対立関係にあるわけではないじゃろう。それどころか利害得失は一致するのとちがうかのう」

「理屈はそのとおりじゃが、感情ちゅうもんが入るじゃろうが。だからこそ脱藩に気をつこうとるのとちがうかのう。利害が一致するいうて割り切ることができれば、呉興産は出資をためらう理由はないいうことになるじゃろう。わしは、辞表が受理されるまで、算盤塾《そろばん》で通すつもりじゃ」

「しかし、少なくとも気持のうえでは胸を張っていようじゃないか。おどおどしていじけることはないけんのう」

碓井は、気持が高揚しているせいか、慎重な杉本がうとましく思え、昂然《こうぜん》と言い放った。

口が酸っぱくなるほど秘密厳守で念を押していることの矛盾を碓井自身気づいていない。

「呉興産といえば、東京工場と呉工場の幹部とはいったい誰のことじゃろうのう。わしに訊いてくる者はおらんが……」

「しかし、遅かれ早かれわしらの計画にＩＨＩの連中も気がつくじゃろうが、ここまできたら開きなおるしかないじゃろうのう」

「気張らずに、自然体でいくいうことが大切じゃろう。それにしても呉興産の大口出資をカウントできんことは大きいのう」

杉本は、またしても嘆息を洩《も》らした。この段階で資金計画に齟齬《そご》をきたしたことはなんとしても痛い。

「碓井さん、怒らずに聞いてほしいが、真藤さんに相談してみる手はないじゃろうか」

「ない」

碓井は、言下に否定した。

「あの貧乏人にカネの相談をしたところでどうなるものでもない」

「そういったもんでもないじゃろう。真藤さん自身の出資は無理でも、真藤さんの口添えは大きいけんのう」

「ヘタなことを言って、ごちゃごちゃ言われるのはかなわんのじゃ。杉本、そう心配せんでもええがあ。榊原造船にしても伊予造船にしても、たとえ一千万円とはいえ出資してくれるといってる。ＩＨＩとの関係もないから、これは呉興産のようなことにはならんじゃろう」

「わしも、あらためて碓井さんを見なおしたが、時間が差し迫ってるからのう」

「わしも、マンションを担保に二千万円は都合できる」

「もちろん、わしも一口乗らせてもらうつもりじゃが、最低三億円は必要じゃからのう。日暮れて道遠しじゃあ」

「そんなことはないじゃろう。ポイントはユーザーだとわしは思うとる。ＩＨＩが手を引くことはいまや動かしがたい。そして、わしらまで手を引いてしまったらどういうことになる。ユーザーにとって、わしらはなんとしても必要なんじゃ。ユーザーとの信頼関係さえキープすることができたら、銀行からの借入れで、債務を保証してくれるとは考えられないか」

「そこまで、ユーザーがやってくれるかのう」

「その可能性は充分あるとわしは思うとる」

東の空が白みはじめる払暁まで、碓井と杉本は語りつづけた。

6

あくる日、二十四日の夕刻、碓井が呉からの帰りに伊勢丹裏の事務所に顔を出すと、森山、三宅、清水（徳樹）、今田、三浦、野中、井川たちが辞表の提出時期について話し合っていた。横浜工場の清水と今田は連休あけにも辞表を出したいと主張している。

これに対して森山や野中は、清水たちは外販事業に直接タッチしていない部門でもあるから、急ぐ必要はない、外販部門にたずさわっている者が早めに脱藩し、稼ぐ手段を構じるべきだと押えにかかっている。いわば先陣争いのようなものだが、清水は、今田も含めて横浜工場に在籍している七人のシステム・エンジニアを束ねており、若い者からせっつかれていることもあって、六月までは待てないと強硬だった。

また清水自身、田無《たなし》工場への転勤を命じられていることもあって、早いところ決着をつけてすっきりしたいという意向を持っていた。

結局、碓井の裁断で横浜工場の八人は杉本につづいて連休あけに辞職願いを会社に提出することになった。

一段落したところで碓井があらたまった口調で言った。

「初めてこの事務所にみんなが集まったときに大口出資者のことを話したと思うが、それがポシャってしまった。そのことで呉へ行って来たのだが、すでに察している人もいるだろうが相手は呉興産だ。一億でも二億でも出すという約束だったが、俺の辞表を出した二十日に急にそれを撤回してきた。呉興産はグレーチング（道路や橋に使う格子状の鉄骨材）のトップメーカーだし、ＩＨＩに対する依存度はせいぜい三割程度だから、さほどのことはないと思っていたのだが、万一取引停止を申し渡されたら、死活の問題だと言われた。考え過ぎのようにも思うが、そこまで言われたら無理強いはできない。残念なことは、東京工場の幹部から呉工場の幹部に話が伝わり、呉興産に牽制《けんせい》球が放られ、弟の副社長のほうがびびってしまったことだ……」

　東京工場の野中と三浦が首をかしげながら顔を見合わせているのが眼に入ったが、碓井は話をつづけた。

「きみらの中にリークしたり、うっかり誰かに洩らした者がいるとは思いたくないし、それを詮索《せんさく》する気もないが、事態が悪化していることだけは認識してもらいたい。杉本は資本金二億円、運転資金二億円で合計四億円は確保したいといっていたが、呉興産の脱落で資金計画が狂ってしまった。一方では、ＩＨＩに察知されたと考えなければならないから、多少拙速でも計画をスピードアップしなければならないという事情もある。マイナス要因が二重にかさなってしまったが、かぎられた時間に全力を尽くすとしても、資金的余裕のない状態で見切り発車することもあり得る。その点、覚悟してくれ」

「東京工場の幹部っていったい誰ですかねぇ。幹部っていえば、少なくとも次長から上の工場長、部長クラスを指すんだろうから、課長の僕は対象外だが、口外しないことに胃が痛くなるほど神経を使ってきたのに、まったくやりきれんなあ」

　野中が三浦に同意を求めると、三浦も沈痛な面持ちで返した。

「さっぱり見当がつきません。狐につままれたような感じですよ」

「犯人探しをしてる時間はない。そんなところにエネルギーを使うのは阿呆な話だ。Ｉ

ＨＩの上層部だって確信があるわけではないだろうし、まだ、われわれの動きを全体像の百分の一もつかんでいないと思う。とにかく急ごう」

碓井は、気持を取りなおして壁に貼りついたカレンダーを見上げながら、つづけた。

「一か月後の五月二十五日を目途に会社を設立しよう。なにか社名でいいのがあったら挙げてくれんか」

「システムとかセンターとかつけるのはやめましょうよ。あんまりありふれてます」

「名は体をあらわす式のネーミングは夢がなさ過ぎてよくないなあ」「Ｃ＆Ｃというのはどうだ」「商号に横文字の使用は禁じられているよ」「シー・アンド・シーならいいはずだろう」「コンピュータ・アンド・コミュニケーションという意味だろうが、たしかそんな名前の会社があったな」

みんな口々に言っているが、具体的な候補名はなかなか出てこなかった。

「じつは帰りの新幹線の中でずっと考えてたんだが、〝コスモ・エイティ〟というのはどうだろう。コスモはコスモス、つまり宇宙を指している。エイティは八〇、つまり八〇年代と志を同じくする八十人を意味している。コスモス・エイティだと語呂《ごろ》が悪いから、〝コスモ・エイティ〟というわけだ。激動の八〇年代を輝ける八〇年代にしなければならない。コスモ・エイティ、どうだ夢があると思わないか」

「いいですね」

三宅が賛成した。

「コスモ・エイティねえ」

森山は、首をひねっているところをみると、気がすすまないようだ。しかし、コスモ・エイティにかわる案がなく、結局碓井がゴッドファーザーになった。

社名で論議しているときは、和気藹々《あいあい》としていたが、それも束の間でふたたび重苦しい空気が狭い部屋の中に立ち込めた。資金計画のことを考えると誰しも不安になる。IHIから借りている住宅ローンのこと、あるいは社宅をあけわたさなければならないことを考えれば、社名などを論じていることがおそろしく現実離れしていることのように思えてくる。

ふだんコンピュータのことで頭がいっぱいという連中ばかりで、資金計画のことなどは一切あなた任せだから、一億とか二億とかいわれても、どこまで身に染みたところで考えているのかあやしいものだが、それでも容易ならざる事態に直面していることぐらいはわかる。

「IBMに出資を求める手はありませんかね」

出し抜けに井川が言った。

「外資系企業にそんなフレキシビリティはないですよ。日本IBMにどの程度当事者能力があるのか疑問だし、かりにアメリカ本国のコントロールなしに出資が可能だとしても、相当過酷な条件を付けてくるでしょう。コスモ・エイティの信用はゼロと考えなければならないから、そんなところに出資するわけがないんじゃないですか。外資系企業というものの性格をすこしでも知っていれば、そういうばかげた発想は出てこないんじゃないですか」

森山は話にならんと言うように首と手を振った。井川がむっとした顔で反論した。

「話してみなければわからんじゃないか。きみは一パーセントの可能性もないというのか」

「ないでしょうね。発想自体ナンセンスですよ」

森山が決めつけると、清水がとりなすように言った。

「可能性がゼロとは思わないが、IBMとIHIの関係を考えると、やっぱり無理だろうね。呉興産でさえヘジテートしたとなると、IBMにとってIHIは大口ユーザーで、コスモ・エイティがこれから先どんなに頑張ってもIBMのユーザーとしてIHIとはオーダーが一桁《ひとけた》ちがうから、IHIを怒らしてまで、コスモ・エイティに出資するようなリスクは絶対におかさないだろうな」

「それよりも、IBMに出資を求めるということは子会社に成り下がるということだろう。小なりといえども、IBMと対等の関係にあると俺は考えている。俺たちのこころざしは、もうすこし大きいよ」

碓井はそう結論づけ、

「きみらは心配しなくていいよ」

と前おきして、榊原造船と伊予造船が出資に応じたことを話した。そして、

「一億円と一千万円じゃ、それこそオーダーが一桁ちがうが、一か月の間に俺の信用がどの程度のものかみんなにお目にかけてみせるよ」

と、碓井は胸をたたいて、みんなを安心させている。

7

杉本が辞表を出したのは連休あけの五月六日のことだ。組織上、呉の情報システムセンターは、東京本社の情報システム室の下部機構ということになるので、杉本はそのためにわざわざ上京しなければならなかった。

もっとも、碓井たちと打ち合わせることが山積していたから、かえって好都合というべきで、辞表が受理されるまでの約一週間は杉本にとって密度の濃い時間ということになった。

情報システム室長の中川、システム開発部長の谷山、システム管理部長の豊口らに強く慰留されたが、杉本は「算盤塾《そろばん》に取り組む」で押し通した。

「碓井が事業を始めるらしいが、きみも誘われてるんじゃないのか」

「さあ、そんな話は聞いてませんが」

「きみと碓井の仲で、聞いてないなんて白々しいことをいうなよ」

「それじゃあ、これから話があるのかも知れませんのう。あっても、断わります」

「ＩＨＩが外販事業を継続するといったら、残ってくれるかね」

杉本は内心ぎくりとした。ユーザー対策が不完全ないまの段階で、ＩＨＩ上層部が撤退方針を白紙に返したら、碓井と杉本は梯子《はしご》を外されたことになる。

「そんな仮定の話には乗れません。外販事業から撤退することはミニ経協で下山専務が明言してますから、いまはそれを信じるしかないと思うてます」

杉本は、中川の眼をまっすぐとらえた。中川はしかめっつらをそむけて口をつぐんでいる。そんなはずはない、と杉本は確信した。

杉本は毎日のように中川たちにとりかこまれたが、杉本のかたくなな態度に、碓井とは無関係との心証をもたれたと見え、最後はしっかりやれ、と激励され、歓送会までやってくれた。

杉本にとってなんとも苦い酒であったが、呉でも情報システムセンターの部下たちによって、送別会が催され、杉本は再び苦い酒を味わわねばならなかった。

しかも、杉本がひそかに声をかけ、ＩＨＩから脱藩を決意している者が宴席の片側にひと塊りになり、残留組と対峙《たいじ》するようなムードがかもし出されている。残留組の一人が、

「杉本所長が、奥さんの算盤塾を手伝うなんて信じられんがのう」

と露骨に疑問をぶつけ、向かい側の脱藩組の若い男が、

「いや、ほんとうじゃあ。繁盛してるけんのう」

と、しれっと応じている。杉本は、内情を吐露してしまいたい誘惑に駆られたが、

黙々と苦い酒を飲んだ。

8

杉本の場合もそうだが、碓井にとっても昭和五十六年の五月という月は生涯忘れられぬ月となった。連休の間も一日として家にじっとしていることはなく、金策に奔走し、夜は可能なかぎり、脱藩予定者の家庭を訪問して、その家族の者たちの心配を軽減し解消することにつとめた。

連日、深夜遅く帰宅する碓井を、妻の昭子はいつも寝ずに待っているが、ある夜、たまりかねて言った。

「忙しいことはわかっています。でも、ひどすぎるとは思いませんか」

「いま頑張らなかったらあとで悔いを残すことになるだろう。一日一日を悔いのないように目一杯生きるというのが俺の信条だ」

「でもそのために躰《からだ》をこわしてしまったら元も子もないじゃありませんか」

「甲状腺《こうじょうせん》ガンで、あのとき一度死んでいたと考えれば気が楽じゃろう」

「…………」

「この家も抵当に入れてしまって、おまえには心配かけるが、先は見えてるんだ」

「家のことなんて心配してません。あなたの躰のことを心配してるんです」

「俺はガンも克服した。野球で鍛え抜いている躰は、おまえが考えているほど柔《やわ》じゃない」

甲子園を目指していた高校時代の野球部の猛練習に耐えたことを考えれば、この程度の苦労はなんでもない、と碓井は思う。

「今夜は三宅の家に寄ってきた。女房が会社をやめることに反対してるが、どうもばあさんに遠慮してるらしい、一度話してくれというから行ってきた」

「三宅さんの奥さんのお父さんも、IHIの人でしたね」

「ああ。三年前に病気で亡くなったが、おやじが生きていたら、大変だったじゃろう」

「そんなこと関係ありません。奥さんの身になったら、IHIをやめるなんて、それこそ狂気の沙汰《さた》としか思えませんよ。反対するのは当たりまえです」

「たしかに三宅の女房はぐずぐず言っとった。ところが、ばあさんのほうがじつにものわかりがいいんだなあ」

碓井は、うれしそうに三宅家でのことを昭子に話して聞かせた。

「碓井さんは、おまえたちの仲人《なこうど》で、恩人であり、親代りでもある。その人がIHIをやめて事業をやるというてるのだから、こちらから頼んでもついていくのが男の道じゃろう、とくるんだから、たまげたのう。俺はじんとなった。人生意気に感じた。たしかに呉の生協に勤めていた和子さんを三宅が見染めて、俺がとりもってやったことは事実だ。三宅は純情なところがあるから、自分では口もようきけんかった。三宅は、奥さんの両親を大事にする男だから、ばあちゃんも俺に恩義を感じてるのじゃろうが、女房のほうがびっくりして、呆気にとられていた。情けは人のためならずというが、まったくそのとおりだ」

「いい気なもんですね。三宅さんのおばあちゃんにくすぐられたくらいで、いい気になってると、誰かに足もとをすくわれますよ」

その三宅が会社に辞表を提出したのは五月中旬だが、このころになると、会社はただならぬ雲行きに緊張し、引きとめに大わらわといった対応を見せている。

「どうせ、碓井のところへ行くんだろう」

「碓井は、きみの仲人だからな」

「碓井の口車に乗せられて、あとで泣きをみることになるぞ」

「悪いことはいわない。もう一度よく考えて、奥さんにも相談してからにしなさい」

いろいろ言われたが、三宅は、

「碓井さんとは関係ありません。一級建築士をしている兄の手伝いをするんです」

とシラを切り通した。手続き上、月末に間に合わない、と人事課で言われ、辞表が受理されたのは六月十五日だが、三宅は有給休暇も残っているので、広島の郷里へ帰ってくると言って五月中旬から会社へ出ず、コスモ・エイティの設立準備に没頭する。

三宅の辞表提出は、その日のうちに、ひばりケ丘の社宅中にひろまり、小学校五年生の長男と二年生の長女から会社をやめないでくれと泣いて頼まれたが、辞表が受理される前に社宅から出なければならず、三宅は東久留米《ひがしくるめ》に家を借りて、ＩＨＩの同僚と顔を合わせるのが忍びないので夜逃げするように引っ越した。「どうして昼間引っ越さないの」子供にしつこく訊《き》かれて、三宅はまいった。どうにも説明のしようがなかった。

9

五月十七日の日曜日の夜、碓井の自宅に山崎から電話がかかった。山崎は十八日に辞表を出すことになっている。

「あのう、辞表を出すのはあしたじゃなければいけませんか」

「どうして」

「フィアンセがどうしてもＯＫしてくれないんです」

「ほう、結婚するのか。相手は誰なの、なんなら俺が会って話そうか」

「彼女よりも、彼女の父親が強硬なんです」

「ＩＨＩの人か」

「まあ……」

山崎はいかにも具合い悪そうに言葉をにごした。

「その人に話してやってもいいぞ」

「けっこうです」

妙にきっぱりした返事だった。

「俺が会うことは迷惑か」

「頑固な人ですから、碓井さんと喧嘩《けんか》になっちゃうと思うんです。時間をかけて説明するつもりですから、すこし時間をください」

碓井の頭にぴんとくるものがあった。

「その人は東京工場の人だな」

「どうしてそれを……」

「そのくらいわからないでどうする」

カーッと頭に血が逆流した。この野郎！　と碓井は思った。電話でなければつかみかかっていたろう。

「時間をくれって何日あればいいんだ」

碓井の声は激しくなった。

「一年か二年か」

「……………」

「何年かかっても駄目だろうな。おまえに説得できるわけがない。いや、そんな気もないんだろう。それなら時間をくれなんて、調子のいいことを言うな。ＩＨＩをやめる気がなくなったと言ったらどうなんだ。おまえのような優柔不断な男は、こっちから断わる！」

碓井は乱暴に電話を切った。

次の日、碓井は山崎のことを杉本に話した。

「恩返しするとか、押しかけてでも連れてってもらうとか、ちゃらちゃら言いやがったくせに、ああいう奴にかぎって、脱け殻みたいにふわふわしてつかいものにならんのだ」

「そうカリカリしなさんなや」

「しかし、山崎のおかげで呉興産の出資が駄目になったことだけは事実じゃろうが」

「さあどうかなあ。いずれＩＨＩに情報が入るとすれば、山崎とは関係なく断わってくるということも考えられるじゃろう」

「いや、タイムラグを考えると、いまごろは二億円を銀行に振り込んでいたさ。すくなくとも時間はかせげたはずだから、勝負はついてたよ。まさか一度振り込んだものを返してくれとはいえんじゃろうが」

「ま、死んだ子の歳を数えても始まらんがのう。これからも、山崎みたいな者が出てくる可能性は充分あるとみてかからないかんじゃろう。去る者は追わず、来る者は拒まずいうか、いちいちバタバタせんようにせなあいかんとわしは思っとるんじゃあ」

事実、杉本の予感は的中し、脱落者は山崎一人にとどまらなかった。

最終的に脱落した人数は十一人におよんだが、そのなかに井川も入っていた。なかには辞表を書いているところを祖母に見咎《みとが》められ、「ＩＨＩをやめることになった」と認めた途端、ショックで卒倒され、祖母を病院へ運んでいる救急車の中で脱藩を翻意した者もいる。

山崎が落伍《らくご》した直後、東京工場に在籍しているシステム・エンジニアの小都元《おづ》が碓井の家を訪ねてきた。

小都は七年前、三十三歳の若さで技術士の国家試験に挑戦し、見事クリアした秀才だが、IHI内部のコンピュータ・システムの仕事を受け持っていた。小都のようなまじめな会社人間には声をかけても冷たく拒絶されるだけだ、と考えて、東京工場の野中や三浦はリストアップしなかったのだが、小都は噂を聞いて、直接、碓井に会って確かめようと考えて出かけてきたのである。

山崎のことが念頭にあったので、碓井は初めのうち警戒した。二重瞼《ふたえまぶた》のやさしい眼が印象的で、温厚そうに見えるが、油断はできないと碓井は思った。

「碓井さんがコンピュータ関係でビジネスをおやりになるというのは事実ですか」

「なにかやりたいとは考えてるが、まだ決めかねている」

「まだそんな段階ですか。僕はきょうあすにも会社が出来るのかと思ってました」

「そんな話誰に聞いたの？　東京工場で噂になってるのか」

「ええ。僕の耳に入ってくるくらいですから多少広まってるんじゃないでしょうか」

「ふーん、それじゃ、俺の評判は悪いだろうな」

「どうしてですか」

「謀叛《むほん》を起こしていると見られてるんじゃないのか」

「僕はそうは思いませんが、碓井さんはわれわれとは次元が違うというか、先の先を読む人ですから、評判が悪いもなにも関係ないですよ」

「…………」

碓井は、小ざかしげな技術士に胸の中をかきまわされているような気がした。

「それで、きみの用件は……」

「もし、なにかビジネスをおやりになるんなら、参加させていただこうと思いまして」

「IHIをやめる気があるのかい」

「ええ。僕はちょうど四十歳ですが、一つの区切りとして、ベンチャー的になにかやりたいと考えてました」

「きみは、技術士でもあるし、有能な技術屋だからIHIが放さんだろう」

「そんなことはありませんよ。僕は大企業は性に合いません。没個性というか、組織にがんじがらめにしばられて能力を引き出してもらえません。もうすこし伸び伸びとやりたいですよ。ですから、いずれ今年中には会社をやめようと思ってます」

「やめてどうするんだ」

「広島へ帰って、ベンチャー・ハウスのようなことができないかと考えてます」

「きみは会社人間で骨の髄までIHIマンだとばかり思ってたが、人は見かけによらんものだな」

「僕も碓井さんと同じ呉造船系ですから、IHIでは出世できないことになってます。

旧呉造船系の人がＩＨＩ二万六千人の中に七千人はいるはずですが、公平な人事が行なわれているとは考えにくいですね。元気のいい人、能力のある人が割りを食っている。吸収合併された側のひが目もあるのかなあ」

小都は小首をかしげながら小さく笑って、湯呑《ゆのみ》みを口へ運んだ。

「合併後遺症がいまだに癒《い》えていないというわけか。しかし、旧石川島の連中に張り合う気持がバネになっているということはあるじゃろうが」

「それはあるかもしれませんが、僕が広島県の田舎出で泥臭いためかもしれませんけれど、東京人のスマートさには融《と》け込めません。それに、いくら企画を出しても実現する可能性はゼロに等しいんですから絶望的な気持になりますがあ」

「そうか。きみも広島県人だったな」

「失礼しました。碓井さんが情報システムでビジネスをやるときは声をかけてください。そのときになってみないとわかりませんが、碓井さんならついていけるような気がします。言いたいことを言い、やりたいことをしてきた碓井さんは、僕らにないものをもってますから、魅力を感じますよ。雰囲気をもっている人って素晴しいと思います」

小都はにこりともせずに言って、ソファから腰を浮かした。

「まだいいじゃないか。もうすこし話していかんか……」

碓井は、小都を押しとどめた。

「俺はきみらに褒められるような男じゃないが、こころざしだけは失っていないつもりだ。生きがいがあって存在感が得られる仕事をしたいと思っている」

面と向かって人に褒められたことはなかったので、脇腹のあたりがこそばゆいし、碓井は自分のせりふ自体照れくさいことこのうえもなかったから、顔が怒ったようにこわばっている。

「ところで小都君はＩＨＩでわれわれがやってきたようなコンピュータ・システムの外販事業をやるとしたら、人の規模はどのくらいが適正規模だと思う？」

「そうですね。五十人ぐらいじゃないですか。百人が限度だと思います。人が多過ぎるとコミュニケーションが悪くなりますからね。コンピュータを中心とした情報システムの技術は、猛烈な勢いで進んでますから、ディスチャージというか、放電ばかりしていたら時代から取り残されます。つねに充電していなければいかんと思います……」

小都の眼が輝き、夢中でしゃべっている。碓井は、山崎のことがあってくさくさしていたところへ小都があらわれ、話しているうちに気持が通いはじめ、気分をよくしていた。

小都が引き取ったあとで碓井は三浦に電話を入れた。

「小都という男を知ってるか」

「もちろん知ってますよ。同期ですからね。ポストが違うので、話すチャンスはあまりありませんけど」

「どんな男だ」

「できぶつの部類でしょうね」

「それなら誘ったらどうだ」

「さあ、くるかなあ」

「くるだろうな」

「小都を知ってるんですか」

「いいから、話してみろよ。野中と三浦のスカウト網にどうしてかからなかったのかなあ」

小都が辞表を出したのは六月四日である。

四十歳になったら転身したい、とつねづね同僚に話していたことが巧まずして伏線となったのか、さして詮索《せんさく》されることもなく小都は辞表を受理された。「大学時代の仲間とベンチャー・ハウスをつくって、電算関係の仕事をする」と上司に話し、健康保険、厚生年金、失業保険などの手続きを終えて三宅と同じ六月十五日付でＩＨＩを退職したが、

「小都さんまでやめちゃうんですか。いったいどうなってるんだろう。希望退職者を募集しているわけでもないのに」

と、人事課の担当者がしきりに首をひねった。

前後するが、小都はコスモ・エイティで三十三番目の社員だから、五月中に辞表を提出した社員が三十人近くいたことになる。

第六章　謎の出資者

1

　碓井が「五月二十五日を目途に会社を設立する」と宣言したのは四月二十四日の夜だが、連休あけの約三週間、碓井はもとより杉本、三宅たちの忙しさは、文字どおり殺人的で、寝食を忘れるどころではなかった。

　とくに三宅は庶務的な事項をいっさいまかされたかたちだから、ひばりケ丘の社宅にいるときも東久留米の借家に移ってからも、家に帰る時間を惜しんで、しばしば新宿のビジネスホテルに泊り込んだ。有給休暇が残っているとはいってもＩＨＩに在籍したまま会社を休んでコスモ・エイティの設立準備に取り組んでいることに、後ろめたさがともなわないといえば嘘になる。それはひとり三宅にかぎらない。森山にしても古沢にしても程度の差こそあれ背信行為をつづけていたことになるが、森山が三宅を慰めて理屈をこねた。

「三宅さん、なんら恥じ入ることはありませんよ。もし、ＩＨＩがユーザー対策を考えずに外販事業を打ち切ったらどうなりますか。社会問題になりかねませんよ。われわれはＩＨＩの尻《しり》ぬぐいをするんです」

見方によっては牽強付会《けんきょうふかい》ということにもなるし、森山自身、夏のボーナスを辞退するため、支給日寸前に辞表を出す気づかいをみせているところをみると、ＩＨＩに対する負い目をもっていたことは明らかである。

五月の中旬に伊勢丹裏の事務所にＯＬが一人入所した。中沢美智子という二十三歳のしっかりした娘で、碓井が友人に頼んで紹介してもらったのである。

碓井などの退職によって、ＩＨＩの情報システム室事業開発センターが潰滅《かいめつ》的な打撃を受け組織として機能しなくなったため情報システム室の組織の変更を余儀なくされた八月末に、開発センター付の村岡延枝が退職して、コスモ・エイティに入社するが、中沢美智子は、それまで一人で頑張ることになる。

美智子は八時過ぎまで残業することが多かった。忙しさのあまり時間のたつのを忘れて、気がついたら八時を過ぎていた、ということがよくあるが、三宅はなるべく時計を気にして六時には声をかけるようにしていた。ところがひとり先に帰ることに気がねして、「門限は十時ですから」と美智子のほうから残業を申し出てくれた。

若い女性がひとりいるだけでこうも違うかと思えるほど、事務所の中は明るくなった。

煎茶《せんちゃ》がのみたい、コーヒーが欲しいと思ってもいれることがめんどうだからつい我慢してしまうことが多かったが、その苛立《いらだ》ちから解放されただけでもちがうし、美智子がよく気のつく娘で、書類一つ作るにしてもてきぱきやってくれるから、三宅などは大助かりだった。

三宅は碓井、杉本と密接に連絡をとりながら昼間は会社設立の書類を整備するため、社会保険事務所、労働基準局、法務局、国税庁、都税事務所などの関係官庁を飛びまわった。

システム・エンジニアの三宅が不慣れな仕事をまかされて、書類の不備などで同じ役所に二度も三度も足を運んだこともある。設立発起人総会の議事録や、定款の作成で徹夜になったことも一度や二度ではない。

夕刻になると、辞表を受理されたといって事務所にかけつけてくる者の応対をしなければならない。

「社宅を出なければなりません。３ＬＤＫぐらいでなるべく都心に近いところを探してください」

「そこまでは手がまわらない。子供じゃあるまいし自分で探せよ！」

あまりの忙しさに、あたりのやわらかいはずの三宅がつい大きな声を出している。入社準備金を一律二十万円と決めて、脱藩者全員に支給したが、引っ越し費用も見てやらなければならないし、電話の取りつけまで相談を持ち込まれてはたまったものではなかった。

IHIを退職するためには、会社で借りている住宅資金を返済しなければならないが、自己都合の場合、退職金が不利になるので、それで相殺できない者が多い。そのためには銀行に肩代りを頼むしかないが、IHIと銀行の金利の差が三パーセントほど生じるので利子補給という問題も出てくる。それ以上に住宅ローンを肩代りしてくれる銀行がなかった。

コスモ・エイティが設立される直前の五月中旬の時点で、リストアップされた社員は八十五人だが、調べてみるとそのうち二十三人が住宅ローンの問題をかかえ、金額にして総額七千万円をIHIに返済しないことには会社をやめられないことがわかった。

杉本と三宅が銀行まわりをし、三拝九拝して住宅ローンの肩代りを頼んだが、勤続三年以上の条件を満たすこともできなければ源泉徴収書を発行することもできないため、第一勧業、三井などの各銀行ではとりあってもらえなかった。杉本と三宅は四谷三丁目《よつやさんちょうめ》の喫茶店で、遅い昼食のサンドイッチを食べながら溜息《ためいき》ばかりついていた。

「銀行いうところは、融通のきかんところで、いざカネを貸す段になると、すぐ担保を出せのなんのと小うるさいことを言ってくるんじゃ。わしら大企業におったものはカネの苦労をしらんが、これからは厳しくなるじゃろうのう」

「サラ金が繁盛するわけですね。サラ金に飛び込みたい心境ですよ」

「イージーに貸すのもどうかと思うが、住宅ローンの肩代りぐらい杓子《しゃくし》定規に考えんでもええ思うがのう」

「どうします？　銀行の肩代りは断念しますか。それとも二十三人のほうを諦《あきら》めますか」

「冗談じゃあない。わしらのビジネスは人材がすべてじゃろうが」

「まったく同感です。そうすると、運転資金を流用せざるを得ませんね」

杉本は返答に窮した。七千万円の支出は、資金計画に重大な支障をきたすが、背に腹は代えられない。

2

当てにしていた呉興産の福田社長から出資を断わられ、途方にくれていた碓井に、朗報をもたらした者がいる。

小松一郎だ。

かつて小松は、石川島播磨重工業（ＩＨＩ）の子会社で、ＩＨＩグループの印刷、宣伝関係の業務を担当していた。碓井はＩＨＩのＰＲ映画の製作にタッチしたときに小松と親しくなった。

小松は会社を辞め、いまはゴルフの関水プロと組んで、ＶＴＲの販売事業会社を経営していた。

ＶＴＲに収録した素人ゴルファーのフォームを関水プロがチェックし、コメントを付けて送り返す――そんな仕事だが、けっこう商売繁盛で、羽振りがよかった。

碓井は、小松がＩＨＩグループから何故離脱したのか事情は知らなかったが、必ずしもＩＨＩに好感情を抱いていないのではないか、と推察していた。

人間関係か仕事がおもしろくなかったのかわからないが、ハッピーな状態ではなかったからこそ、スピンアウトしたに相違ない。

俺と一脈通じるなにかがある、と碓井は読んで、小松に面会を求めた。銀座のホテルのラウンジで二人が会ったのは、昭和五十六年五月の連休明けの夕刻である。

小松は、当時、函南《かんなみ》スプリングスなるゴルフコースのＰＲの仕事にもタッチし、パンフレットづくりなどをまかされていた。

函南スプリングスは、新興のゴルフ場経営者として、業界で頭角をあらわしていた熊《い》取谷稔《すたにみのる》が率いるゼネラルコースト・エンタープライズの所有コースである。

「わたしは碓井さんをバックアップできるほど度量もないし、だいいちカネもないが、いいスポンサーを紹介しますよ。熊取谷稔っていう人の名前聞いたことありませんか」

「いいえ」

「熊《くま》、取《とり》、谷《たに》って書いて、いすたにって読むんです」

小松は、テーブルに指先で字を書いて碓井に説明した。

「この人が大金持なんです。ゴルフ場が現代の錬金術の最たるものであることぐらいは、碓井さんも知っとるでしょうが」

「いや、知らんです。わしら重厚長大で永年めし食っとった者は、田舎者いうか、他の世界のことは知らんですよ」

「熊取谷さんにあなたの計画を話しておきます。口の堅さにおいてはわたし以上で人後に落ちない人だから心配ありません」

「しかし、いまどき海の物とも山の物ともわからない男に、大金をポンと出すような奇特な人がおるんじゃろうかのう」

「それがいるんだから、世の中不思議というか、人世捨てたものでもないんですよ」

「齢《とし》はなんぼぐらいじゃろうのう」

「うーん。四十五、六ってとこですかねぇ」

「そんなに若いの」

「少壮気鋭の実業家です。もともとは冷凍食品の容器の製造、販売を手がけ、堅い仕事をしてたんですが、ゴルフ場事業に手を広げて、それが大成功したんです。ま、騙《だま》されたと思って一度会ってごらんなさい」

「どうにも信じられんがのう。しかし、小松さんが会え言うなら……」

小松が苦笑しいしい言った。

「そんなに気が進まんのなら、やめときましょうか」

「いや、そんなこと言うとらんです。すぐ会わせてください」

碓井はあわて気味に返した。

碓井は眉《まゆ》に唾《つば》を塗りたい心境だった。

二億円の大金をポンと出す人がこの世にいるとは驚きである。

しかも、出世払いという条件も小松に伝えてあった。

3

碓井が赤坂東急ホテルの斜め前にあった古びたビルの三階に熊取谷を訪ねたのは、五月中旬の某日夕刻のことだ。

初体面の熊取谷は、話好きの碓井がたじたじとなるほど雄弁で好感がもてたが、腕を組んだ思案顔を見せたときに、一瞬、ハッとするような冷たさを漂わせた。

時折、切れ長の眼が鋭い光を放つ。

「碓井さんのことは小松君からよーく聞いてます。壮大な計画じゃないですか。しかも、地に足がしっかり着いている。ゴルフ場経営なんて所詮《しょせん》虚業ですよ。虚業家のわれわれからみれば、実業の世界に憧憬《あこがれ》のようなものがあるんです。よろこんで協力させてもらいますよ。必要なカネはいくらでも出します。資本金は二億円と考えてるそうですが、全額わたしに出資させてください。ただし、碓井さんとの五〇《フィフティ》—五〇《フィフティ》で、株式の五〇パーセントはわたしが持たしていただきますが、あとの五〇パーセントはあなたがたの好きなようにしてけっこうです」

「ね、願ってもないお、お話ですが、経営を取り仕切るのはわたしです。人事を含めて、すべてわたしにまかせていただけるんでしょうか」

碓井はうれしさのあまり口ごもった。

「もちろんです。言ってみれば、資本と経営の分離ですよ。わたしは経営には一切口出ししません。わたしは小松君から話を聞いたときコスモ・エイティなるネーミングにまず惚《ほ》れました。ゆくゆくは株式の上場まで考えてるんでしょ」

「ええ、まあ」

碓井はあいまいにうなずき、言葉をにごした。

「そのとき、わたしは碓井さんと同じく創業者利潤のようなかたちで、大いに儲《もう》けさせていただけるわけですよねぇ」

碓井は、熊取谷の言ってることが呑《の》み込めず、ふたたびどっちつかずにうなずいた。

コスモ・エイティの株式上場は、夢のまた夢で、現実感が伴なわず、まだ考えたこともなかったのである。

「八十人の社員を抱えるとなると、社宅の明け渡しによる引っ越し費用とか、ローンの清算とか思わぬ出費がかさみますよ。資本金以外にあと三億円、お貸しします。税金の関係で無利子というわけにはいきませんから、プライムレートでけっこうです」

夢のような話だ。

碓井は熊取谷に気づかれないように、そっと頬をつねった。

「小松君の話だと、相当な仕事量を抱えて旗上げするそうですねぇ。だとすれば二年目ぐらいから配当してもらえますかな」

「おそらく二割配当ぐらいは可能と思います」

「そうですか。小松君はいい話をわたしに持ってきてくれました」

小松を君づけするのは気にならないでもなかった。小松は、碓井や熊取谷より年長なのだ。

しかし、熊取谷は新進気鋭の実業家なのだから、この程度はゆるされるだろう、と碓井は思った。

「ところで碓井さん……」

熊取谷が改まった口調でつづけた。

「コスモ・エイティにわたしが出資することは秘匿しといたほうがよろしいと思うんです。むろんわたしは逃げも隠れもしませんが、ゴルフ場などを経営していると、とかく色眼鏡で見られがちです。コスモ・エイティには男のロマンがあります。コスモ・エイティには清新なイメージもある。イメージを傷つけるようなことになってもいけません。コスモ・エイティというか、あなたの生きざまは世間に強烈にアピールするはずです。あなたはマスコミにもみくちゃにされるかもしれない。そのとき、背後に熊取谷が存在するっていうことになると、あなたにとって得にはならんでしょう」

碓井は、熊取谷にまじまじと見つめられて返事に窮し、眼を逸《そ》らした。

そんなものかなあ、と思う反面、熊取谷の深慮遠謀を謙遜《けんそん》と碓井は取った。

「わたしのほうは、熊取谷さんがスポンサーであることを隠す必要はないと思います。事実を隠蔽《いんぺい》するのは神経を使いますし、わたしの柄でもありません。だいいち、わたしを信じて行動を共にする同志を裏切るのはちょっと……」

熊取谷は、碓井を鋭く見返した。

「あなた考え違いしてますよ。どうして同志を裏切ることになるんですか。不肖、熊取谷の存在を、必要最小限の幹部社員だけにとどめておくことは、社員にとって、むしろ好ましいことだとは思いませんか。熊取谷なんてどこの馬の骨ともわからんやつに、全額出資させて大丈夫だろうか、って疑心暗鬼になられるより、ずっとすっきりするじゃないですか。世間に対するアナウンスについては、社員の持株会とか、いろいろな言いかたがありますよ。わたしの名前を伏せることは、コスモ・エイティに対する出資の条件にさせていただきます」

頑とした熊取谷の口吻《こうふん》に碓井は言葉を呑み込んだ。

4

碓井は、熊取谷と別れて、すぐに公衆電話を探した。

なんとしても小松に首尾のほどを報告しなければならない――。

小松は在席していた。

「いま、熊取谷さんに会ってきたところです。五億円出すと言うてくれました。こんな太っ腹の人がおるんじゃろうか。いまだに半信半疑です」

「酒匂《さかわ》ロイヤルカントリークラブで、カネがうなるほど集まってるんですよ。ゴルフ場の会員権をぼんぼん印刷して、ぼろい商売やってますから、あの人カネはなんぼでもあるんです。あぶく銭の五億ぐらいで腰を抜かしてるようじゃ、碓井さんダメですよ。あんたはもっと大物なんだから、熊取谷ごとき目じゃないくらいに考えないと」

小松の妙に落ち着き払ったもの言いが、勘にさわったが、小松は、金策にゆきづまって計画が挫折《ざせつ》しかねないときに、熊取谷を紹介してくれた恩人でもある——。

碓井は照れ笑いを浮かべて、受話器を左手に持ち替えた。

「それにしても、わしらサラリーマンからみると別の世界の人って感じですよ。度肝を抜かれました。小松さんのことを君づけしてたのは、いただけないけど」

「熊取谷っていう男は、総理大臣だって君づけしかねませんよ。ま、成り上がりなんて、そんなもんでしょう。転んでも只《ただ》では起きないっていうか、碓井さんを利用しようとしてることは間違いないと思いますよ。ギブ・アンド・テークだから、借りはすぐ返せるんじゃないかな。熊取谷の狙いがなんであるかはわからないが……」

「俺なんか、なんの利用価値もないじゃろう思いますけどねぇ」

「碓井さんの将来性に、熊取谷は賭《か》けたんでしょう。なんせ目端の利く人だから」

碓井は狐につままれたような思いのまま、こんどは、伊勢丹裏の事務所に電話をかけた。

　中沢美智子が電話口に出てきた。

「碓井だが、事務所に誰かおるの」

「杉本さんと三宅さんがいらっしゃいます」

「いま赤坂見附におるが、いまから事務所へ行く。二人とも待っとるように言うてくれ」

「承知しました」

　碓井は地下鉄丸ノ内線で赤坂見附から新宿三丁目へ出た。電車の中を走りたいほど気持ちが高揚していたが、ラッシュ時なので、そうもいかない。

　杉本も三宅も疲労の滲《にじ》んだ顔にこわばった笑みを浮かべて、碓井を迎えた。

「中沢さんは帰らせました。杉本と三宅に話したいことがあってのう」

「それでええんじゃ。残業が続いてるので……」

　碓井の表情がいつになく明るいので、杉本と三宅は顔を見合わせた。

　杉本は、三宅が淹《い》れた煎茶《せんちゃ》をひと口すすって言った。

「その前に話さならんことがあるんじゃ。きょう三宅と銀行を二十数か所回ったが、どこもかしこも、けんもほろろなんじゃ。わしらと志を同じゅうする二十三人を諦《あきら》めるわけにはいかんから、運転資金に手を付ける……」

「ちょっと待たんか」

碓井が杉本の話をさえぎった。

「スポンサーが見つかったんじゃ。夢みたいな話よ」

碓井は早口で、熊取谷のことを話した。

三宅は喉《のど》の渇きを覚え、出がらしの茶に湯を注いで、三つの湯呑《ゆの》みを満たした。

夢中でしゃべっている碓井も、二番煎じの茶を文句も言わずに飲んでいる。

「熊取谷さんの話は朗報には違いないが、大丈夫なんじゃろうか。話がうま過ぎて心配なんじゃ。あとで高くつくことはないかのう。真藤さんに相談する手があるんじゃなかろうかのう」

「スポンサーが福田さんから熊取谷さんに替っただけのことじゃろうが。経営に口出しせん言うとった。わしらがやろうとしとる事業を評価してくれとるんじゃろうのう。断わる手はなかろうが。この話は、とりあえず三人限りにしとこうかのう。二人とも、他言は無用じゃ。ええな」

杉本も三宅も黙ってこっくりした。

一抹の不安もないと言えば嘘になるが、あすから金策に駆けずり回らなくとも済む――。そう思うだけで、二人とも安心感のほうがずっと勝っていた。

第七章　設立登記

1

コスモ・エイティの会社設立登記の手続きは、当初の予定どおり五月二十五日に完了した。設立時払込資本金は二億円、発行株式四十万株、株主名簿には碓井優、従業員持株会、杉本卓也、古沢武久、清水徳樹、野中輝之、榊原造船、日健、伊予造船、スポーツハウス、イーストレーク、北沢バルブなどの名がみられる。

しかし、いずれも名義人に過ぎず、株主は熊取谷稔ただ一人であった。

五月二十五日は、コスモ・エイティの創立記念日となるが、五十六年のこの日は設立記念パーティが催されたわけでもなければ、碓井や杉本が事務所に顔をそろえたわけでもない。みんな忙しくてそれどころではなかったのである。

三宅は、深夜、自宅で妻の和子と二人だけでひっそりとビールで祝杯をあげた。三宅自身がまとめた定款をためつすがめつしていると胸が熱くなるほど充実感をおぼえる。
その事業目的には、
①電子計算機に関するソフトウエアのシステム調査、分析設計開発
②電子計算機の導入、利用に関するコンサルティング
③電子計算機に関するソフトウエア、パッケージの開発、販売
④電子計算機のプログラミングサービス
⑤電子計算機要員の養成教育セミナー
⑥電子計算機に関する賃貸業務
⑦科学技術計算、事務計算統計業務の受託
⑧電子計算機および関連機器の販売
⑨電子計算に関するデータの穿孔《せんこう》、検孔
⑩電子計算室の運営、管理
⑪広告システムに関する企画、製作
⑫前各号に付帯関連する事項
——とある。ひどく盛りだくさんで到底手がまわらないだろう。だが、夢は無限にひろがってゆく。

コスモ・エイティの設立と前後して、古沢、野中、森山、清水たちのユーザー対策が本格化していた。

2

古沢を中心に、ユーザーごとに徹底的にシミュレーションをやって、問題を抽出し、それに対する解答を用意する。いわば模擬テスト、想定問題のようなことになるが、事務所が手狭だからホテルのロビーや喫茶店を利用することが多かった。仮りに相手が日本交通公社の場合は、長期出張ないし出向のような恰好《かっこう》で現場に詰めているチーフの安藤を呼び返して、古沢、森山の三人がシミュレーションに参加した。

システム化の状況はどうか、仕様書どおり進行しているか、システムのテストはいつか、IHIが全面的に手を引けばどうなるか、IHIの派遣人員をなしくずしに縮小したらどうなるか、その場合のインパクトはどの程度のものか——そしてどこから見てもどこを押しても日本交通公社はコスモ・エイティを必要とすると確信を深めたところで話を持ち出す。シミュレーションのすべてについて碓井が何度も何度もダメを押すため、議論が沸騰してホテルの一室で徹夜になったこともある。

古沢が日本交通公社事務システム部の石原課長に面会を求めたのはコスモ・エイティ設立の十日ほど前のことである。

「申しにくいことですが、ＩＨＩがコンピュータ・システムの外販事業から手を引くことになりました」

古沢が雑談のあとで端正な顔をこわばらせて切り出した。石原は事情が呑《の》み込めず、きょとんとしている。

「どの時点で撤退するのか正確にはわかりませんが、事態は切迫しています」

「外販事業をやめるって、うちに来ている安藤さんたちも引きあげちゃうってことですか」

「そうなると思います」

「やめてどうするの？」

「ＩＨＩはコンピュータ化を早い時期にやってますから、プログラムが陳腐化し、時代遅れのものになってます。それを見なおして合理化するために、外に出ていたエンジニアを内部に向けたいと考えているわけです」

「まさか、こんな中途半端なかたちで放ったらかしにしていくわけじゃないでしょうね」

「なんとかそれだけは回避したいと努力してきましたが、会社の方針がはっきり出されてしまったので……」

「冗談じゃありませんよ」

石原は、古沢とはときには一杯つきあう仲で気心も知れているから、古沢がはったりやかけひきのできる男でないことは承知している。

「契約不履行でIHIを訴えるなんて野暮なことは言わないけれど、一流企業としてそんないい加減なことができるんですか。私の責任問題になりますよ。そういえば、おたくの碓井所長が辞職されたと聞きましたが、このこととなにか関係があるんですか」

そこで古沢はおもむろにコスモ・エイティ設立までの経緯《いきさつ》を説明する。

「そんなことになってたんですか。それで古沢さんはどうされるんです？」

「私は、たぶんIHIをやめられないと思います。しかし、碓井のやろうとしていることは理解できますし、それ以外に選択肢はなかったと思うのです。ですから、碓井から話を聞いた後も終始一貫協力してきたつもりです」

「さっそく上司に報告して、当社としての対応を検討させてもらいますが、碓井さんのほうに、私どものシステム化を引き継ぎたいというニーズがおありなら、なんとかうまくつないでいくのがいいんじゃないか、これは私の独断ですが……」

「そうしていただければ、大変ありがたいのですが」

「しかし、驚きましたねぇ。安藤さんをはじめうちに来ている人たちの全員がIHIをやめちゃうなんて、そんなことが現実にあるんですかねぇ」

石原はさかんに首を振って驚愕《きょうがく》ぶりを示している。その後も古沢は安藤をまじえて、何度か石原など日本交通公社の関係者と会って、問題点の詰めを行なった。

碓井は、コスモ・エイティが設立登記された直後に日本交通公社のシステム部の担当常務の阿久根に呼ばれた。

「いろいろ大変でしたね」

「ご迷惑をおかけして、申し訳ないと思ってます」

「当社としての対応策を検討したんですが、やはりなんとしてもつづけてもらいたいという結論に達しました。ご存じのとおりＩＨＩさん以外にも当社はソフト・ハウスを使ってますからＩＨＩ抜きでなんとかなるんじゃないかとも考えたが、そうもまいらんようです。ＩＨＩさんはメインだし長いつきあいだから、当社の事務システム部門については手に取るようにおわかりのはずだが、ＩＨＩさんの外販事業をそっくり引き継ぐような恰好で碓井さんが責任を持ってやってくれるということですから、あなたや古沢さんを信頼して、ＩＨＩさんとの取引関係をうまくスイッチしたいと思ってます。ご協力いただけますか」

「ありがとうございます」

　碓井は深々と頭を下げた。念入りにシミュレーション・スタディを積み上げていたので自信はあったが、言質《げんち》を引き出すまでは一抹の不安があった。

「ＩＨＩさんがほんとうに外販事業から撤退するのかどうかも、それとなく調べさせてもらいましたが、事実であることがはっきりわかりました。つまり、碓井さんのやろうとしていることは大義名分がおありになる」

「その点はこの二年の間、会社と対話をつづけ、われわれとしては外販事業の継続を訴えてきたのです」

「ま、考え方の相違というか下山さんの方針が間違っているとは思いませんが、ＩＨＩさんもずいぶん思い切ったことをしますねぇ」

「いまとなっては、われわれにとってＩＨＩの方針転換はラッキーだったと思っています。ＩＨＩでかなわなかった夢を何倍にもふくらませて、実現できるような気がしています」

「それで、会社はいつできるんですか」

「じつは、一昨日登記が完了しました」

「それはおめでとう」

阿久根が、差し出した手を碓井は力をこめて握り返した。

「社名は？」

「コスモ・エイティと付けました」

碓井は、はにかんで顔をゆがめた。

「素晴しい社名じゃないですか。気宇壮大というか」

「すこし欲張り過ぎたかもしれません」

「いや、じつにいい。創業期はなにかと大変でしょう。多少のことはさせてもらいますよ。飲み食いの伝票ぐらい、遠慮せずにまわしてください」

阿久根は太っ腹なところのある男とみえ、そんなことまで言って碓井を感激させた。

アラビア石油、教育社、全国農業協同組合連合会、ソニー、ブリヂストンタイヤ、東洋工業、雪印乳業などIHIのユーザーが次々と理解を示し、コスモ・エイティを支援すると意思表示してくれたのは五月末から六月初めにかけてである。

もっとも、ただ一社だが、碓井たちのやり方に強い拒絶反応を見せたところもある。大阪瓦斯《ガス》だ。

野中が挨拶《あいさつ》に行くと、けんもほろろというほどではないにしても、窓口の担当課長はあらわに不快感を示したのである。

「公益事業という当社の性格からいっても、ひじょうに困りますなあ」

公益事業だからIHIのような大企業でなければ取引できないのか、と訊《き》きたかったが、野中はやんわりと反論した。

「IHIが外販事業から撤退する以上、次善の策として、仕方がないと思ったのですが」

「一応、上の意向も聞いてみますが、私個人としてはIHI以外のところと取引することは考えていません。多分上も同じ意見だと思いますよ。スピンアウトというのは、どうも感心しませんね」

「IHIが外販事業から撤退するといっているのです」

「そんなことはさせませんよ。システム・エンジニアが一人もいなくなっちゃうわけでもないでしょう」

野中は二度足を運んだが、大阪瓦斯の態度は変らなかった。責任を感じて、しおたれている野中に碓井が言った。

「そういうヘソ曲がりが一社ぐらいあったって仕方がないよ。ガス事業なんていうのは、競争原理の働かないところで、官庁みたいなものだ。官僚主義といったらいいのかね。たしかに見ようによっては、俺たちの生き方は褒められたものじゃない、ゆるしがたいという人だっていたって不思議じゃないさ。ＩＨＩに残った連中がなんとかやってくれるだろう」

「ほかにアレルギー反応を起こすところが出なければいいのですが」

「心配するな」

碓井の自信は結果的にも揺らぐことはなく、脱落ユーザーは大阪瓦斯一社にとどまった。

3

ユーザー対策が一段落し、八月以降ＩＨＩからコスモ・エイティに発注先を切り換える旨をほとんどのユーザーが確約してくれた六月十九日に森山が辞表を出した。

森山はぎりぎりまでＩＨＩにとどまって、優秀なシステム・エンジニアの駆り出し、追い出しに奮闘するが、所期の目的を達し、ここらが潮時と考えたのである。というより居たたまれない心境というべきかもしれない。四月中旬からの二か月間は、まさにＩＨＩに対する背任行為を犯していると指弾されても仕方がなかった。

　この頃になるとＩＨＩの社内は騒然としていた。一部の新聞や週刊誌が、大量脱落を嗅《か》ぎつけ、報道しはじめたことが輪をかけたかたちで、寄るとさわると碓井たち脱落者の話で持ち切りだった。森山がシステム管理部長の豊口のデスクの上に辞表をおくと、豊口は頭をかかえ込んだ。

「やっぱりきみもやめるのか。こんなことになりゃせんかとびくびくしてたんだ」

「仕事がなくなるんですから仕方がないですよ」

「そんなことはないよ。社内にいくらでもあるじゃないか。なんとか思いなおしてもらえないかなあ。さっき、室長と二人で下山専務からさんざん油をしぼられたばかりだが、きみにまでこんなことをされて、泣きっつらに蜂じゃないの」

　豊口は、辞表を顎《あご》でしゃくって、憮然《ぶぜん》とした顔で森山を見上げた。

「三月二十五日のミニ経協以来、やる気をなくしてしまい、仕事が手につきません。われながら忸怩《じくじ》たるものがありますから、ボーナスは返上します。支給日前に辞表を受理してください」

「なにをつまらないことを言ってるんだ。きみは立派に仕事をしている、模範社員じゃないの」

「皮肉を言わんでください」

「皮肉だなんて妙なことを言うなよ、とにかくこの辞表は受けとれないな」

「母校の教授に相談して、大学にもどることに決めました。どうかよろしくお願いします」

森山は辞表を豊口のほうへ押しやった。

豊口はさぐるような眼を向けてきた。

「大学にもどるってほんとうなの？」

「ええ。なんでしたら、照会していただいてもけっこうです」

森山はいざというときのために九州大学工学部の事務長に電話で事情を話して口裏を合わせてほしいと頼んであるし、「路頭に迷うようなことになったら、帰るつもりだから、そのときはよろしく」と言ってあった。

「みんな適当な口実を用意してるが、碓井君のところへ行ってるんじゃないのかね」

「さあ。ほかの人のことは知りませんが、私はちがいます」

「週刊誌には、碓井君が中心になって新会社の結成に動いていると書きたててあったが、ほんとうのところ、どうなってるのかね」

「知りません」

「そんな木で鼻をくくったような返事をしないで、すこしは教えてくれよ」

〝サンデー毎日〟がスクープして以来、きょうまでに三つの全国誌が〝石播の電算機技術者大量退社〟〝石川島播磨電算機職場、若手社員退職相つぐ〟〝頭脳流出で頭痛い石川島播磨、コンピュータ技術者が大量に退社届〟の見出しで記事にしているが、コスモ・エイティの社名も、設立されたこともまだ知られていなかった。

「なあ、今晩一杯やらないか。たまにはつきあってくれよ」

「先約がありますから」

「私も嫌われたものだな」

「そんなことはありませんが……」

「きみ、どうしても駄目かね。翻意してもらえないのか」

「ええ。ご希望にそえなくて申し訳ありません」

「しかし、これは預からせてもらうよ。それにボーナスぐらいもらってってくれよ」

豊口は、辞表をデスクにしまい、椅子をまわして、背中を森山に向けた。

森山はほかの部門の先輩や同僚からも慰留されたが、もちろん、撤回しなかったし、実母の一周忌が近づいていたので、七月初めには福岡の郷里へ帰ってしまった。

第八章　相生の十五人

1

相生営業所情報開発システムセンターの山根隆義は、東京出張から帰った四月三日の夜、さっそく清水博之に会った。二人ともグループリーダーで、管理職一歩手前のところにいる。

清水は体質的にアルコールを受けつけないので、会社の近くの喫茶店で話をした。

清水は身じろぎ一つせずに山根の話に聞き入っている。

「碓井さんの迫力はものすごかったですよ。あの気迫に圧倒されて、ついふらふらと伊勢丹裏の事務所に顔を出してしまったのですが、じつはちょっと後悔してます」

「どうして？」

「…………」

山根は怪訝《けげん》そうに清水の色白な顔をうかがった。そんなところへ顔を出したりして碓井に気をもたせていいのか、軽率ではないか、と清水に思われかねないと山根は危惧《きぐ》したのだが、それにしては妙な反問である。

「碓井さんに眼をかけられたきみが羨《うらや》ましいよ。わたしは碓井さんとはとくに親しくつき合ったことがないからお呼びじゃないが、胸がわくわくするような話じゃないの」

「本気ですか。私は、相生から脱藩する人は一人もおらんだろうって碓井さんに言いました。清水さんがまっ先に反対すると思ってたんですがねぇ」

「ひと月ほど前に、古沢さんと話したことがあるが、ＩＨＩがコンピュータの外販事業から手を引くことになったら、われわれはなにをやらされるんだろうか。造船の現場なんかにまわされるくらいなら、ＩＨＩをやめて、気の合った数人か、せいぜい十人くらいでベンチャー的になにか考えた方がいいんじゃないかって、古沢さんに話したら、かれはおもしろい発想だと言ってたな。この話、きみにまだ話してなかったかなあ」

清水は首をかしげてから、つづけた。

「もちろん、思いつきというか、冗談みたいな話だけど、古沢さんから〝瓢簞《ひょうたん》から駒みたいなことになるかもしれないね〟なんて茶化されたが、あのときはすでに碓井さんから相談を受けていたかもしれない……」

清水がまた首をかしげた。

山根は、清水の話をさえぎるように口ごもりながら言った。

「も、もちろん、古沢さんは碓井さんから相談を受けてたにきまってますよ。清水さんと古沢さんがそんな話をしたなんて、私は聞いてませんよ。古沢さんもタヌキだなあ」

「どういうこと？」

「相生に帰ったらまず清水さんの意見を聞いてみろ、っていうんですよね。あの人は反対するに決まってるって私が言ったら、さあどうかな、なんて意味ありげに言うわけですよ。清水さんとそんな話をしたことはおくびにも出さずに。おどろいたなあ」

「あのとき古沢さんが〝瓢箪から駒〟と言った意味がわかったよ。碓井さんのことは話せなかったんだろうが……」

「しかし、碓井さんの計画は、八十人もＩＨＩからスピンアウトさせようっていう気の遠くなるような話ですよ。仮りに清水さんと私が参加することになったとしても、相生でほかに誰がついてきますか」

「とにかく、いちど碓井さんからじかに話が聞きたいなあ。凄《すご》い人だって評判だけど、その謦咳《けいがい》に接したことはないからね」

山根は、清水が脱藩に積極的な姿勢を見せるとは夢にも思わなかった。それが〝吉〟なのか〝凶〟なのかはわからなかったが、清水に話したことで気持がらくになっていたことはたしかである。

2

清水が碓井の話を聞く機会は意外に早くやってきた。

連休前の四月二十八日に碓井は相生に山根を訪ねてきたのである。相生にはかつて親しくつきあった者がたくさんいるので、退職の挨拶《あいさつ》に顔を出した、と碓井は言ったが、それは表向きの理由で、山根の決心をうながし、相生の脱藩者の〝票固め〟を目的に貴重な時間を割いたことは明白だった。

山根は、その日の夕方、ＩＨＩ相生工場にほど近い三輪《みわ》食堂で清水を交じえて碓井と会った。

食堂というと大衆食堂を連想しがちだが、三輪食堂は割烹《かっぽう》ないし小料理屋の体裁で、相生では高級な店で通っている。三人は二階の座敷で会食した。酒が飲めない碓井と清水はもっぱら煎茶《せんちゃ》をすすっている。申し訳なさそうにひとりでビールを飲んでいるのは山根だけだ。

「ＩＨＩをやめてなにか事業をやるんじゃないか、と会う人ごとに訊《き》かれて往生したよ。ＩＨＩの垢《あか》を落とすのに一年はかかるだろうなどとしらばくれていたが、嘘をつくのはらくじゃないな」

碓井は薄く笑って、つづけた。

「俺がカミさんに話したのはこの二十日だが、会社に辞表を出す前に相談してもらえない女房の身にもなってくれといわれて、さすがにグッときた。しかし、水臭いといわれてもこればっかりはしようがない。来月二十五日を目途に会社をつくる。社名はコスモ・エイティと決めたが、会社ができるまではヘタな横車が入らんように注意したいと思ってるんだ」

「コスモ・エイティですか」

「コスモはコスモスの意味だ。エイティは八〇年代を輝ける時代にしたいという願望をこめ、それに八十人の同志をあらわしたわけだ。二十四日の夜だったか、東京における連中が集まって決めたが、ほかに適当なネーミングがあればいまならまだ変更できるぞ」

「良い社名だと思います」

硬い顔で碓井の話を聞いていた清水が初めて笑顔を見せた。

「ありがとう。コスモ・エイティは俺が提案したんだ」

碓井はうれしそうに言って、

「山根は不服か」

と訊いた。

「いいえ。しかし、八十人の同志というのはどうなんですかね。目下のところ相生はゼロですよ」

「ゼロということがあるか。ここに二人いるじゃないか」

顔を見合わせている山根と清水を横眼でとらえながら、碓井は話をつづけた。

「呉は、杉本と高村が頑張ってくれたおかげで、すでに十一人がリストアップされてる……」

「十一人も……」

山根が眼を剝《む》いた。

「おそらくまだ増えるだろう。相生だって現状に飽き足りない者や、もっと夢を追いつづけたいと思ってる者が五人や六人は必ずおるはずだ。きょうこの席に、清水君が同席してくれるとは考えていなかったが、それだけでも幸先がいいじゃないか。俺は、山根がまだぐずぐずしてるんじゃないかと思ってネジを巻きに来たんだが、ちゃんと清水君に話をしてくれていた。うれしかったよ。これでも感激してるんだ」

「清水さんには、出張から帰った日に早速話しました。てっきり反対されると思ってたら、逆に碓井さんの話をじかに聞きたいっていわれました。おどろきましたねぇ」

テーブルをはさんで、碓井の前に山根と清水が並んで坐《すわ》っているが、清水のうつむき加減の顔が上気している。清水は胸がいっぱいだった。碓井とは近くないので員数外と考えられても仕方がないと思っていたのである。その碓井に、

「感激している」

とまで言われたのだ。涙がこぼれるほどうれしかった。事実、清水はうっすらと眼に涙を浮かべている。

山根が、清水に向けていた視線を碓井にもどした。

「清水さんがその気になってるので、私もひっぱられて、ぐんぐん気持が向かっていることはたしかですが、正直なところまだ迷っています。しかし、スカウト業に徹するだけの腹はできてるつもりです。相生には若くて優秀なシステム・エンジニアがたくさんいますから、かれらをスピンアウトさせることは、かれら自身のためにもコスモ・エイティのためにもなると思うんです」

「山根の気持はとっくに決まってるよ。その点は俺が保証する」

「いい気なもんですね。あなたは会社もやめたし、奥さんにも話したしで、さっぱりしてるんでしょうが、こっちはすべて白紙の状態なんです。気が重いったらないですよ」

「呉や横浜に比べて相生がいちばん遅れてますが、いま手がけているプロジェクトや、渡米組のことを考えますと、早くても七月末にならなければ見通しがつかないと思いますが……」

清水が現実的な問題をもちだした。相生の情報開発システムセンターでは日本交通公社、全農、豊中《とよなか》市役所などのオンライン化、コンピュータ化の仕事がすすんでいるほか、水間稔、須々木孝、坂田の三人が三月末から三か月の予定でアメリカへ出張していた。

「七月末か」

碓井はそうつぶやいて、考える顔になった。七月末までにはなんとか八十人をそろえたいと碓井は考えていた。具体的な仕事量を含めてそのためのプログラムもできている。

碓井は、相生からも脱藩者が出るとは予想していたが、最悪の場合は清水と山根だけということもあり得ないことではない。相生の〝票固め〟が遅れていることは、なんとしても辛《つら》いところだ。八月になろうが、九月になろうが、見通しが立ちさえすればなんとでもなるのだが、と碓井は思う。

「いいだろう。ひとつ、あしたからでも信頼できる者には声をかけてくれないか。だんだん秘密保持はむずかしくなってくると思うが、そこは二人にまかせるよ」

碓井はその夜は姫路《ひめじ》のホテルに泊まり、あくる朝早く、帰京した。

三輪食堂を出て、姫路までタクシーを飛ばすことになった碓井を見送ったあと、山根と清水は相生駅近くの喫茶店で八時半から一時間ほど話し合った。

「わたしは碓井さんに賭《か》けてみたい。万一失敗したって、やりなおしはきくさ。あの人には賭けてみる価値があると思うな」

「碓井さんに会って気持が高揚してるみたいですけど、奥さんやご両親の反対を押し切れる自信はあるんですか」

「その点は大丈夫だ。こう見えても仕事のことで女房に口出しさせるほど柔《やわ》じゃないよ」

清水は、まだ興奮さめやらぬ風情で顔面を紅潮させている。

「きみ、ロサンゼルスの水間君に手紙を書いてくれないか」

清水は背広の内ポケットから四つにたたんだノートの切れはしをとり出してテーブルの上にひろげた。

「リストアップしてみたんだ。能力的にも優れ、そして脱藩する可能性があると睨《にら》んで……」

「なんですか」

「何人いるんですか」

山根は、清水の話をさえぎってリストを手にとって、眼で数えた。

「十八人ですか。いったいこの中で何人スピンアウトするんですかね」

「さあ。しかし十八人全部ということだって考えられるさ。もちろん、ゼロもあり得ないことではないけどね」

「われわれ二人を入れると二十人ですか。これだけコスモ・エイティに奔《はし》ったら、壮観ですけど、夢のまた夢でしょうね」

「とにかく二人で手分けして、やるだけはやってみようよ」

「このリストをさっき碓井さんと話してるときにどうして出さなかったんですか」

「出そうか出すまいか迷ってたんだが、なんだか恥ずかしかったんだ。大風呂敷《おおぶろしき》を広げるようで……」

「清水さんは、碓井さんに会う前から腹を決めてたってことになりますね」

「そうでもないけど、直接話を聞いて、人生意気に感じたことはたしかだ。魅力的な人だと思う」

清水は碓井の催眠術にかかっているな、と山根は思った。

「水間君には手紙を書いて、こっちの様子を知らせてやります」

「お願いする。渡米組の三人はとくに戦力になる人たちだから、なんとしても連れてゆきたいな」

「もうすっかりそのつもりなんですねぇ」

山根はさもあきれたと言いたげに溜息《ためいき》をついた。

3

ロサンゼルスの水間稔から、相生の山根隆義の自宅に国際電話がかかったのは、連休あけの五月七日の朝のことだ。水間は渡米チームのリーダーで、今年三十四歳になる。

「手紙ありがとうございます。すぐ返事を書こうと思ったんですが、居ても立ってもいられない気持なんで、電話をかけさせてもらいました」

「びっくりしたろうね」

「驚天動地の大事件ですよ。手紙では、山根さんの気持が書いてありませんでしたが、山根さんはどうするんですか」

「…………」

「もちろん、碓井さんについてゆくんでしょう？」

「まだわからんよ。わたしがどういう行動をとるかはこの際横において問題はきみ自身がどう考えるかだ。碓井さんの考え方については詳しく手紙に書いたつもりだが、帰国するまでにひと月以上もあるんだから、ゆっくり考えたらいいよ」

「そんな突き放した言いかたをせんでくださいよ。それじゃなくても、こっちはセンチになって落ち込んでるんですから。ついてませんよ。こんなときに日本を離れてるなんて。お願いですから、ひんぱんに情報を流してくださいね。電話代は帰国したら払いますから。不安で不安でじっとしてられない心境ですよ」

「情報不足はお互いさまだよ。相生もロスもそう変らんが、なるべく情報を集めて連絡をとるようにするつもりだ」

「それから坂田には、僕から話しますが、須々木には一切話さんほうがいいと思うんです。会社から情報が流れてくるぶんには問題はありませんけど、須々木に山根さんから情報が入れば、それが会社に伝わる恐れが多分にありますからね」

「わかった。さっきの話を訂正するようなことになるが、きみたち三人には、コスモ・エイティに行ってもらいたいと思っている。しかし、三人じゃなくて二人ということになるな」

山根は、電話が切れたあとで二つのことを考えた。ひとつは、気が動転している中で、水間がはっきりコスモ・エイティに食指を動かしているということ。いまひとつは、三人のチームワークが保たれておらず、リーダーとして気苦労が多いらしいということである。それにしても水間の反応は早かった。このぶんでは、スピンアウトの可能性は相当程度にあるといえるかもしれない、と山根は思う。

　山根が朝食を終えて、出勤の仕度をしているとき、この朝二度目の電話が鳴った。東京から新見治之がかけてきたのである。新見は水間と同年輩で、全農関係の仕事をしていた。碓井の息のかかった男であり、東京の連中と接触する機会も多いので、コスモ・エイティの件は、すでに耳にしていると思われた。

「なにをぐずぐずしてるんですか。いまだに誰一人として会社に辞表を出していないのは相生だけですよ」

「東京で聞いたらしいな」

「東京で聞いたもないですよ。相生の動きは鈍すぎます。それじゃなくたってスタートが遅れてるんですからねぇ」

「動きが鈍いのは、山根個人であって、相生ではない」

「東京工場や横浜工場の連中は、ばんばん辞表を出してるっていう話じゃないですか。とにかく行動をとるべきです」

「わかった。やっとエンジンがかかったところだから、そう急《せ》かせなさんな」

「僕は今週中に辞表を出してもいいですよ」

「そうあわてるな」

　山根は、高校一年の長男が登校の仕度をして玄関へ出て来たので声をひそめた。

「こんど相生に帰ってくるのはいつだい」

「週末に帰ります」

「電話じゃなんだから、めしでも食べながらゆっくり話そう」

新見は、いわば急先鋒《きゅうせんぽう》である。この男のことを忘れていた、と山根は思い、ひとり苦笑した。新見の顔を頭に浮かべていたら、初めて話を聞いたとき、碓井に対して、もうすこし別のコメントの仕方があったかもしれない。

新見の電話がほどよい刺激になって、山根と清水は五月二十日までに仰木健二（三十四歳）、宮本勝正（三十四歳）、植田伝男（三十五歳）、村瀬英夫（三十五歳）、村山一孝（三十六歳）、三木和久（二十五歳）たちにコスモ・エイティの計画をうちあけた。もちろん一人一人喫茶店や飲み屋に呼んでさしで話したが、いずれもコンピュータ関係の優れたシステム・エンジニアである。

山根の予想に反して、けんもほろろの反応を示した者は一人としていなかった。のみならず、ほとんどの者が碓井さんの話が聞きたい、碓井さんに会いたい、との希望を述べたのである。

とくに植田の場合は、妻の実家がＩＨＩの下請け工場を経営していたので、色よい返事をもらえるはずはない、清水が植田をリストアップしたこと自体誤っているのではないか、と山根は思わぬでもなかったが、

「やりましょうよ。碓井さんがやるんなら無条件でついていきます」

と、眼を輝かせた。

「きみは、奥さんに相談しなくていいのか」

「相談するつもりはありません。話せばぐだぐだいうに決まってますが、ワイフの実家《さと》に気がねする必要なんてないですよ。コンピュータ関係の外販事業から撤退するＩＨＩには失望してました」

「奥さんに、あとで恨まれることにならないか」

「実家より亭主のほうを大事にしないワイフじゃ、どうしようもないじゃないですか。僕がスピンアウトしたら、女房の実家に圧力をかけたり、報復措置を講じると思いますか。ＩＨＩはいくらなんでも、そこまでおちぶれてないでしょう。だいいち、われわれから仕事を奪って、出てゆけがしのことをしといてですよ、そんな逆恨みめいたことができるわけがないですよ」

　山根はたじたじとなった。理屈はそのとおりだが、一騒動起きるのではないかと心配だった。

4

　山根の電話で、碓井が三宅をともなって、姫路へ駆けつけてきたのは五月三十一日の日曜日の昼前である。

　相生では目立つから、山陽新幹線の一つ手前の姫路で会おうということになったのである。

新幹線ホーム側の姫路プラザホテルに部屋をとったが、その昼食会に参加した相生側の顔ぶれは、清水、山根、新見、仰木、宮本、植田、村瀬、村山、三木の九人である。

清水と山根以外に横の連絡はまったくなかったから、ロビーでＩＨＩの同僚を見かけたときは、まずいやつに会ったと思わず顔をそむけ、逃げるようにその場を立ち去った者もいるし、あいつもきょうの会合に出席するのだろうか、と半信半疑で、ぎこちない挨拶《あいさつ》を交した者もいるが、なにかしらうしろめたいような妙な気持は各人共通していたもののようだ。

どきどきしながら指定されたルームへ入って、先刻顔をそむけた相手とまた顔を合わせて、ほっとするやら、きまりわるいやらで照れ笑いを浮かべている者。

「おまえもおったのか」

「なんだ先輩も」

と感きわまったような声を張りあげて、肩をたたきあっている者――。

ビールとジュースで乾杯したあと、一同をぐるっと見まわしながら碓井がしみじみとした口調で挨拶した。

「みなさん、本日はよく来てくださいました。私は、きょうの感激を生涯忘れることはないでしょう。一人か二人、よくても三人か四人かなと思っていたのです。山根君から六、七人は集まると聞いて大いに意を強くしましたが、九人とは思いもよりませんでした。二か月ほど前に、初めて山根君に話をしたとき、相生は無理だと言われて、私も悲観的になっていたのです。ところが私の考えに共鳴してくれたひとが九人もおったとは、信じられないような気持ですが、それだけにこの重みを厳粛に受けとめなければならないと思っています。みなさんのためにも頑張らなければならない、と自らを励ましております。まさに身のひきしまる思いです。当初、ゼロ回答して、わたしをがっかりさせながら使命感をもって、真剣に取り組んでくれた山根、清水両君に感謝します……」

「所長、坐《すわ》ってください」

隣席の三宅が言うと、碓井の正面に向き合って坐っている山根が、

「よそゆきの挨拶はこれくらいにして、碓井流でやってくださいよ。なんだか肩が凝ってきました」

と、まぜっかえした。

「そうか。肩が凝るか」

碓井は、頭をかきながら腰をおろした。

「いろいろ言いたいこと、訊《き》きたいこともあると思うが、食事をしながら話そうか。その前に三宅から経過報告をしてもらおう」

「はい」

と、三宅は返事をして、五月三十日現在でＩＨＩを退職した者、辞表を提出した者、辞表提出を予定している者の数を具体的に名前をあげて説明した。また、二十五日付で

コスモ・エイティが設立登記されたことをあわせて報告した。

「相生は清水君と山根君にまかせるから、まずスケジュールを立ててくれないか。九人がいっぺんに辞表を出すわけにもいかんだろうから、そこのところはうまく調整しないとね」

「わかりました。来週中には、はっきりさせます」

清水が碓井にこたえた。

「アメリカに行ってる水間君たちはどうなるの?」

三宅に言われて、こんどは山根がこたえた。

「水間君と連絡をとってますが、態度の表明は帰国してからにしてほしいと言ってきました。感触としては、可能性は大いにあると思います。水間君の子分格で山本節雄という若い男をご存じと思いますが、渡米中の水間、坂田の二人と、この山本はコンピュータそのものに強く、コンピュータ技師として第一級の技倆《ぎりよう》を持っていることを自他共に認めています。この三人はコスモ・エイティにとって欠かせない人材だと思います」

「三人とも来てもらえるといいな」

「問題は水間です。水間さえ落せば、あとの二人は黙っててもついてくるでしょう」

話しながら、どうやら俺も碓井にたぐり込まれてしまったようだ、と山根は思った。

「三人一緒に来るかゼロのどちらかで、間はないわけですね」

三宅が訊くと、

「心配するな。三人一緒に来てくれるよ」

と、碓井が山根にかわってこたえた。

コースの最後のコーヒーになってから碓井がくだけた口調で話しはじめた。

「八十人のコンピュータ技術者が食っていくためには、ＩＨＩの外販事業を正確に受け継がなければならんが、俺はそれだけで満足してたんじゃ、コスモ・エイティをつくる意味はないと思っている。夢ばかり追って、誇大妄想狂といわれると困るが、われわれは時代の最先端をゆくベンチャービジネスであるべきだと思う。遠からずＩＮＳ（高度情報通信システム）社会が到来するだろうが、ＩＮＳ社会を切りひらき、リードする役割をコスモ・エイティは担わなければならない。われわれ八十人はその先駆者であり、二十一世紀への橋渡しをする使命を担っていると思うんだ。俺は十年以上も昔から高度情報通信社会がくると考えていたが、最近、ＩＮＳ社会では底辺のニーズをつかむことが大切で、アイデアさえあればいろんな展開が可能だと思いはじめている。ＩＮＳ社会をデザインするのはコスモ・エイティのわれわれでなければならない。貘《ばく》みたいに夢を食っているわけにはいかんが、やがて単に夢物語でないことがわかってもらえるだろう。寝る間も惜しくなるほど、いろんなアイデアが湧き出てくる。いまそれを整理しているところだ。みんなも惰眠をむさぼっているときではないぞ」

誰かが思わず手をたたいた。それがほかの者にも伝播《でんぱ》し、盛大な拍手に変った。

「ＩＨＩはコンピュータの外販事業というものを、そしてコンピュータ技術者を正当に評価しなかった。いまやIHIのコンピュータ部門は技術者集団たり得ないと思うんだ」

　碓井は、とくに気負っているわけでも高揚している様子もみられなかったが、饒舌《じょうぜつ》だった。

「しかし、INS社会を実現させるためには膨大な資金が必要なんじゃないですか」

　新見の質問に、碓井は手を振りながらこたえた。

「なんの、なんの。カネなんてあるところにはある。優良投資先があれば投資したいと思っている金融機関はいくらでもあるさ」

「コスモ・エイティの月給がIHIよりダウンすることはないでしょうね。IHIの給与水準は必ずしも高くありませんからね」

　と、誰かが質問した。

「そんな次元の低いことというなよ」

「なに言ってんだ。一番関心あるくせに」

　隣り合わせた若い者同士でそんなやりとりがあったが、碓井は、

「その点は俺も大いに関心があるよ」

　とひきとって、みんなを笑わせた。

　碓井は、居ずまいを正して、まじめな顔になった。

「もちろん、アップしなければいけないと思う。安請け合いはしたくないし、きちっと収支バランスを見なければならないが、二割程度はアップできると考えている」

碓井は、三宅のほうへ首をねじって、

「なあ」

と、相槌《あいづち》を求めた。

「大丈夫だと思いますが、そのぶんみなさんに働いてもらわなければなりませんね。仕事量は増えることはあっても減ることはないと思うんです」

この日の会合を境に、出遅れていた〝相生組〟は一気に脱藩に向けて走り出すことになる。清水・山根を軸に連帯感が芽生え、九人の脱藩希望者は満ち足りた思いで、三時過ぎに姫路プラザホテルを後にした。

5

山根は、姫路プラザホテルから帰宅するなり妻の正子にうちあけた。

「碓井さんや古沢さんたちと新しい会社をつくることになりそうだ。コンピュータ関連の会社で、いまIHIでやっている仕事をそのまま引き継ぐことになる」

「IHIの子会社ですか」

「子会社とは違うが、競争相手にはならんだろうし、いずれIHIに残った連中とわかり合えて、また一緒に仕事ができるんじゃないかな」

これでは説明になっていないな、と思いながらも、山根は強弁した。

「仕事の話をしたって、おまえはわからんだろうが、ま、わたしを信じてついてきてくれればいいんだ」

「なにか悪いことをするんじゃないでしょうね」

「冗談よせよ。IHIは円満に退職する」

「お父さん、それなら退職金はもらえるわけだね」

息子が口をはさんできた。

「あたりまえだ」

「それなら、なるべく貯金しといてよ。僕は、大学さえ行かせてもらえれば文句はないよ」

「安心しろ。大学ぐらい行かせてやる。ただし、カネのかからない国立以外認めないぞ」

「それはないよ。冗談きついなあ」

「IHIより月給は上がるんですか」

妻の質問が山根にはおかしかった。

「おまえも、IHIの若いやつの価値観とたいして変らんわけだな」

「だって、少しでも生活レベルを上げられなければ、IHIをやめる甲斐《かい》がないではありませんか。IHIの給料は安すぎますよ」

「二割ぐらいアップするかもしれないな」

「二割のベースアップなんて聞いたことないな。革命的やな」

息子が割り込んできたおかげで、話はなんとなく終ってしまったようだ。

山根は拍子抜けして、はぐらかされたような思いがしないでもなかったが、女房や子供に反対されたら、やはり気分は重かったろう。

翌日の月曜日から、山根は清水や仰木たちと毎日のように会って脱藩計画を練った。

碓井や杉本の退職は、相生でも大きな話題になり、東京、横浜、呉などのコンピュータ技術者が大挙退職して、コンピュータ関係の会社を設立したらしい、という噂で持ち切りだったから、相生工場や営業所の上層部は神経をとがらせ、警戒色を強めていた。

碓井に近い山根や新見は初めから灰色と見られ、上の者から、

「さすがは相生だ。脱藩するような不届き者は一人もおらんものな」

と牽制《けんせい》球を放られていたので、動きも慎重にならざるを得ないが、山根と清水は昼間、会議室で仕事の打ち合わせをしているようなふりをして、よく情報を交換した。

六月七日の日曜日の昼下がりに、山根と清水は姫路のホテル・キャッスルのロビーで会った。二人は辞表提出のスケジュールを確認し合ったが、現在各自がかかえている仕事とのかねあいを考慮して、まず新見、村瀬、三木の三人が来週中に辞表を提出することになった。灰色視され、居心地が悪くなっている山根も先番グループに入りたいところだが、仕事の関係で後番にまわらざるを得なかったのである。

六月二十日までに植田、村山の二人、下旬に山根、七月上旬に清水、仰木、宮本の三人が辞表を提出するというスケジュールだが、後になればなるほど出しにくくなること

は見えていたから、先番争いは熾烈《しれつ》をきわめた。

東京の古沢から、

「立つ鳥後を濁さずということがある。後でうしろ指をさされることがないよう仕事だけは完璧《かんぺき》に仕上げてほしい」

と再三念を押されていたので、豊田《とよた》市役所のプロジェクトがピークにさしかかっている仰木、宮本の二人は後番にまわされる破目になった。もっとも山根の計算では、仰木、宮本の後にアメリカから帰国する水間たちがつづくはずだから、後番というにはあたらない。

この日、清水は元気がなかった。いつもよけいなおしゃべりはせず、比較的口の重いほうだが、それにしてもしゃべらな過ぎる。山根の話に相槌を打つぐらいで、時折右肩のあたりをさすりながら表情をゆがめる。

「どこか具合でも悪いんですか」

「たいしたことはないが、右腕全体が痛くてかなわんのだ」

「いつごろからですか」

「一週間ぐらいになる。痛み止めの薬でもたせてきたが、どうもおかしい。脇の下のリンパ腺《せん》もだいぶ腫《は》れてるしなあ」

清水は、山根の手を借りて麻のブレザーを脱いだ。右腕が直角に曲ったまま伸縮の自由がきかなくなっているため、ひとりではうまくできなかったのである。

「全体に腫れてるみたいですね」

「とくに肩が痛い」

清水は額にあぶら汗をにじませて、右腕を持ち上げようと試みたが、顎《あご》の下まで届くのがやっとだった。

6

清水博之が播磨病院に入院したのは六月八日の午後だ。前年の十月に自転車で転倒し、右肩を強打したが、その後遺症で肩の付け根にある嚢《ふくろ》が破れ、そこに水がたまっているから、手術して縫合しなければならない、という整形外科医の診断であった。十日に手術が施され、成功するが、一か月以上も入院生活を余儀なくされる。突然の清水の入院で、相生組の脱藩スケジュールに狂いが生じるが、新見、村瀬、三木の先番グループは予定どおり六月十日までに辞表を提出した。

工務店を経営している親父の跡を継ぐだの、友人の商売を手伝うなどと適当な理由をつけてはいるが、言うほうも聞くほうも白々しいことこのうえもない。もちろん三人ともしつこく慰留されるが、三人の決意は変らなかった。

新見たち三人の辞表提出は、さまざまな反響を呼んだが、十二日の夜遅く、山根は新見の訪問を受けた。

「高見、森下、福本の三人が、本気かどうかわかりませんけど、会社をやめたいっていってきましたよ」

「いままで高見と飲んでたんですが、ばかに狎《な》れ狎れしいんですよ」

「…………」

「私がコスモ・エイティに行くことは見え見えですが、おもて向きはそういうことになってませんから、対応に苦労しました。あるいは、こっちの手の内をさぐりにきたのかもしれませんし……」

「いや、ちがう。その三人には清水さんから声をかけてあるはずだ。いやリストアップされてたから、間違いなく声をかけてある」

「すると、私が辞表を出したので、親愛の情を示しにきたわけですね。それがわかってたら、もっと対応のしようがあったのになあ。なんだか、ちぐはぐっていうのか、変な感じだったんですよ」

「ほかの二人は、どうした？」

「今夜は高見だけです。森下は、きのうの夜、福本はきょうの昼に二人とももじもじしながら、会社をやめるつもりだって、言ってました。三人の横の連絡はなさそうでしたよ」

「エールの交換のつもりで、きみにアプローチしてきたんだな」

「それなら、もっとやさしくすればよかった」

「きみにまかせるから、三人いっぺんに会って、安心させてくれないか。私の名前を出して、大いに歓迎してる、と言ってほしい」

「頼りの清水さんが、入院しちゃって、かれらも心細かったんでしょうね。手術直後で、病院へお見舞いにいくわけにもいかないし……」

「これで十二人か……」

高見晃は三十一歳、森下三幸は二十五歳、福本良憲は二十三歳である。水間、坂田、山本の三人を加えれば、なんと脱藩予定者は相生のシステム・エンジニアの半分にあたる十五人におよぶのだ。

山根は胸がわくわくするほど興奮していた。

第九章　〝ＩＨＩ〟騒然

1

六月十七日の朝、病室のベッドに臥《ふ》せっていた清水博之は、なにげなく新聞の広告欄に眼がとまってギョッとした。妻の経子に命じて、〝サンデー毎日〟を買いに走らせ、ベッドに上体を起《た》てかけて、胸をドキドキさせながら、それをむさぼり読んだ。

〝同時進行スクープ〟〝石川島播磨エリート技術者、八十人の大脱走〟の大見出しが迫ってくる。〝「ＩＨＩ」の呼称で知られた大手企業石川島播磨重工業で、いま八十人にものぼるコンピュータ技術者たちが集団退社を実行に移しつつある。サラリーマンなら誰しも一度は考える転職でも、実行できないのが現実。彼らがあえてそれに踏み切ろうとしているのはなぜ――。クライマックスは今週である〟というリードを含めて、六ページにわたって特集していた。

清水はベッドに週刊誌をひろげたが、経子が顔を密着させて、横からのぞき込んでくる。術後一週間たっているが、まだ繃帯《ほうたい》がとれないからページを繰るのは経子の役目だ。読み終ったあと、清水は放心状態で、しばらくぽかんとして、天井を眺めていた。

〝サンデー毎日〟のスクープは、清水にかぎらず多くのＩＨＩマンに電撃的な衝撃を与えずにおかなかったが、六月二十八日号のこの記事は結果的に脱藩計画を促進させるなど少なからぬ影響をおよぼしたといえる。

播磨病院の整形外科病棟は三階だが、三〇二号室は、脱藩予定者にとって恰好《かっこう》の連絡場所になった。清水博之の病室は個室だったので、他の患者に気がねすることもなく話ができたのである。

山根隆義は、面会が許可された十四日以降、毎日一度は必ず三〇二号室に顔を出していた。

六月十七日の水曜日の夜八時に、会社の帰途山根が病室に顔を出すと、すでに新見が来ていた。

山根はさっそくセルフサービスのインスタントコーヒーをいれた。

「新見もやるか」

「いただきます。なんだか山根さん家《ち》みたいですね」

「奥さんがわたしのために用意してくれてるんだ。ここへ来れば必ずコーヒーがのめることになっている」

「清水さん、〝サンデー毎日〟読みました？」

「いまもその話をしてたんだが、凄《すご》いスクープ記事だね。会社は大騒ぎだろう」

清水は、枕もとの週刊誌を手に取った。山根も、新見も同じ週刊誌を膝《ひざ》の上にひろげた。

「騒然としているのは相生だけじゃないですよ。ＩＨＩ全体がマグニチュード七か八の激震に見舞われて、上を下への大騒ぎでしょう。さっき東京の森山君と電話で話したが、やっぱりえらい騒ぎらしいですよ」

「〝サンデー毎日〟によると十二日のミニ経協で問題になったようなことが書いてあるが、事実関係はどうなの？」

「かなり正確に書いてるそうです」

「碓井さんがリークしたんですかね」

新見がまるめた週刊誌をふりまわしながら山根に訊《き》いた。

「まさか。押えにかかったんだろうが、いうことを聞いてもらえなかった。どうせ書かれるならきちっと書いてもらいたいっていうことで、取材に応じたんじゃないの」

山根は、新見に向けていた顔を清水にもどした。

「清水さんは、いいときに入院しましたよ。私は七時半まで上の連中に入れかわり立ちかわり呼び出されて仕事になりませんでした。やめないでくれやめないでくれで、耳にタコができそうですよ。もともと私は、新見と同じで灰色視されてましたが、この週刊誌のおかげでかぎりなく黒に近い灰色になってしまったわけだから」

「せめてあと一か月静かにしてててもらいたかったですね。やりにくくなりますよ。村瀬と三木と私の三人は、二十日付で辞表を受理されることになってますから問題はないけど、あとの人たちには猛烈なプレッシャーがかかるでしょうね。山根さん、気持がくじけて腰が引けてるんじゃないでしょうね」

「なにをぬかすか。あんまりしつこくやめないでくれって言われたから、そういう色眼鏡で見られてるんじゃあ、やりきれませんね、やめたくもなりますよと言ってやった」

「新見君は辞表が受理され次第、上京することになると思うが、山根君との連絡をよくしてくれよ」

「ええ。清水さんの入院と週刊誌のスクープの影響が最小限度にとどまることを祈りますよ」

「間もなく水間たちが帰ってくるが、帰国早々騒ぎに巻き込まれるというのも気の毒だな」

「水間、坂田、山本の三人は是が非でも連れて行かねばならんから、山根君なんとかうまく頼むよ」

「二十七日に帰って来ますが、成田《なりた》まで出迎えるつもりです。東京の様子も気になるんで、古沢さんに出張の口実をつくってもらいました」

「そうしてもらえるとありがたいな」

「清水さんも気が揉《も》めておちおち入院なんかしてられませんね」

ら《か》われた。


「そうなんだ」

清水が無念そうに下唇を嚙《か》んだとき、相生工場の人事課長の水上が果物籠《かご》を下げてあらわれた。

「それじゃあ、われわれは失礼します」

新見が週刊誌を隠すようにうしろ手にまわして腰をあげた。山根もそれに誘われて、週刊誌を小脇にはさんで起ち上がった。

病室から退室し、階段を降りて行きながら新見が言った。

「まったくバツが悪いったらないですね」

「敵は清水さんから情報を仕入れに来たんだろうな。まさか清水さんが脱藩組の張本人とは思ってないだろう」

「われわれと顔を合わせて、敵も具合悪そうでしたね」

「いよいよ風雲急を告げてきたな」

山根は、身内のふるえを制しかねている。

2

山根が相生営業所情報開発システムセンター所長の林に辞表を提出したのは七月六日だが、電話で林の連絡を受けた中川が翌日おっとり刀で東京から駆けつけてきた。

中川は、情報システム室長で、ＩＨＩ情報システム部門を取り仕切っているが、終息宣言を出した直後に、グループリーダーの山根に辞表を出されては室長として立つ瀬がなかった。

終息宣言は、中川の判断で出されたのである。ウスイ・ショックで揺れに揺れたが、どうやらヤマは越した、これ以上脱落する者は出てこないだろうという見通しのもとに、社員の動揺を鎮静する目的で終息を宣言したのに、宣言するそばから山根に辞表を突きつけられて、中川は度を失った。

「きみ、ひどいじゃないか。わたしの立場はどうなるんだ。なにか含むところでもあるのかね」

相生営業所の会議室で、中川は青筋たてて言いたてた。

「室長に含むところなんてありませんよ。ただ、失望しているだけです。外販事業の撤退の問題にしても、室長の発言は二転三転し、いたずらに混乱を増幅させました。ＩＨＩではコンピュータ部門は育ちません。いまの体制ではジリ貧です」

山根は、やけに冷静だった。

「私としては、外販事業を残したくて一生懸命やってきたつもりだが、きみにそんなふうにみられていたとは悲しいな。それなら私は責任をとるよ。しかし、きみにはＩＨＩに残ってもらいたいね。会社のために、きみを失うことはできない。このとおり、頭をさげてお願いする」

中川は叩頭《こうとう》せんばかりに泣き落しに出てきたが、山根は白ける一方だった。

山根は八日から有給休暇をとったが、九日に林から電話が入り、十日に東京の情報システム室に出頭するように言ってきた。

「あなたの辞表はまだ受理されてません。これは業務命令ですよ」

おとなしい林にしては居丈高なもの言いだった。

十日の午後、山根は上京し、丸の内ホテルのラウンジで中川とシステム開発部長の谷山にかきくどかれた。一、二年のうちに必ずマネジャーに昇格させるとまで言われたが、翻意する気は毛頭なかった。中川や谷山にしてみれば、ここで山根にやめられたら、相生は総くずれになる恐れがあったので、必死だった。なんとしても歯止めをかけておきたい。

二時間、三時間と同じ繰りごとを何度聞かされたかわからないが、山根はめんどくさくなって、最後は、

「考えさせてもらいます」

と言って切りあげた。

山根のあとに水間、坂田、山本が辞表を提出した。

七月中旬のある日、同年配でグループリーダーでもある宇田川から、山根は一杯誘われ、相生駅前のバーで会った。

「水間たち三人全員を連れて行くというのは、いくらなんでもあこぎじゃないかなあ」

「決して強制してるわけじゃない。かれらの意思にまかせるほかないんじゃないか」

「碓井さんやきみの気持はよくわかるし、割り切った行動がとれるきみたちが羨《うらや》ましい。きみたちの行動は目的意識もしっかりしてるし、説得力もある。だからこそ若い連中が先を競うようにきみらの側につくんだろう。コンピュータ事業部門は、本来独立できる部隊であるべきだと思っていた。俺自身は、碓井さんを理解し、評価してるつもりだし、逆に後押ししたい気持もある」

「だったら、きみもスピンアウトしたらいいじゃないか。歓迎するぜ」

「俺自身はＩＨＩをやめるつもりはないよ。しがらみもさることながら、ＩＨＩに未練たっぷりだしな。こんどの事件がＩＨＩ活性化のための大きな一石になることを願ってるんだ」

宇田川はコップのビールを飲みほして、つづけた。

「引かれ者の小唄《こうた》みたいに聞こえるだろうが、俺はＩＨＩのコンピュータ部門もまだ捨てたものでもないと思っている。去る者は追わずに徹したかったが、あの三人だけは別だ。残るほうの身にもなってくれよ」

「その調子で宇田川がしゃかりきになって説得したら、一人は残るだろうに」

「それがだめなんだ。力ずくになったら、とても碓井さんでは勝ちめがないらしい。水間にも坂田にも、山本にもずいぶん話したが、相手にされんのだ」

「…………」

山根は内心ホッとした。坂田も山本も、水間しだいということのようだから、水間が気持を変えないかぎり二人の決心もゆらぐことはなさそうだ。

「取引しないか」

宇田川が唐突に言った。

「なんのことだ？」

「きみらが円満に退職できるように俺はできるだけのことはする。そのかわり三人のうち一人だけでも残るよう説得してくれないか」

「むずかしい話だな。しかし、やるだけはやってみるよ」

山根は、入院中の清水と相談し、同意を得たうえで、水間に話を持ち込んだ。

水間は、会議室で山根に食ってかかった。

「われわれの知らないところで、そんなヤミ取引をされちゃあ、かないませんね。ふざけた話ですよ」

「ヤミ取引じゃないよ。強いていえば、紳士協定っていうのかなあ、宇田川君が頭を下げて頼んできたから、清水さんとも相談して、きみたちの納得が得られるんなら、一人だけIHIに残ってもらおうと考えたわけだ」

「坂田も、山本も一人だけ残るなんて承知しないでしょうね。だいいち、残った一人は、一時期IHIに利用されるかもしれないが、もともとコンピュータの技術者を軽く見ているところなんだから、やがて潰《つぶ》されてしまうかもしれない。まさか三人で籤《くじ》をひくわけにもいかないから、残るんなら三人一緒に残りますよ。三人ががっちり組んでいるかぎりにおいてはＩＨＩに残ってもほどほどの仕事はできるでしょう」

「きみら三人の実力はわかっている。残った一人が潰されるようなことはないと思うがねえ」

「どうしてもと言われたら、僕が残りますよ。若い坂田や山本に、辛《つら》い思いをさせることはできませんからね。二人と相談してみますが、多分、三人出るか三人残るかで、二対一になるのはいやだと言いはると思いますよ」

「三人一緒じゃなければ、どうしてもダメか」

「トリオを組んでることのメリットは、ものすごくあるんじゃないですか。少しは感情的なものもあるでしょうが、三人の力を分散することのデメリットをわれわれはよくわかってますからね」

「宇田川は、親分肌の男だし、ＩＨＩのコンピュータ事業をなんとか立てなおしたいと真剣に考えている。宇田川のことだから、残った一人をくさらせたり潰すようなことはしないと思うなあ。きみはコスモに来てもらわなければ困るが、坂田君か山本君を残すように説得してみてくれないか」

「これは仮定の話ですが、坂田か山本を残すとして、時期をみてコスモに呼び寄せることは可能ですか。いや、その約束をしてもらえますか」

「ＯＫ。碓井さんに話して、一札入れてもいいよ」

「山本は、若過ぎて一人残すのは気の毒だから、坂田か僕のどっちかになるだろうなあ」

水間はつぶやくように言った。宇田川の人柄にも魅《ひ》かれるものがあるとみえ、受け入れる気になったとみえる。

「ただし、三人一緒にＩＨＩに残るようなことになっても知りませんよ。碓井さんと張り合うのは本意じゃないけれど、坂田と山本にどうしてもトリオでやりたいって言われたら、どうしようもないですからね」

「それはないだろう。そのときは三人一緒にスピンアウトしたらいいじゃないか」

水間は、坂田、山本と相談して坂田をＩＨＩに残す案を山根にもってきた。

十五人以外にも、三、四人のシステム・エンジニアが山根に脱藩したいと近づいてきたが、林に説得されると、あっさり翻意し、あれはなかったことにしてほしいと、しれっとした顔で言ってくる。ひやかしというのか、ＩＨＩ側の気を引いてみたのかわからないが、山根は、東京の三宅と電話で連絡をとり、条件を詰めるなど、本気で対応しただけに、あと味がわるかった。

あとで聞いた話では、コスモがスカウトに来ていると気をもたせて、待遇面の改善を要求した者もいたという。

3

七月二十日の夜、山根は植田、村山の三人で痛飲した。山根の辞表はまだ受理されていなかったが、二十日付で植田と村山はＩＨＩの退職が決定したので、内輪の送別会を山根がもったのである。

姫路のバーをはしごして、十一時半にゆきつけのスナックにたどりついた。山根はどんなに酔っていても感心に必ず行くさきざきから自宅に電話を入れるのがならわしだが、十二時過ぎにスナックに電話がかかった。

「水間ですよ」

「ここがよくわかったな」

「お宅へ電話をして教えてもらえれば、誰だってわかるでしょう」

山根もかなり酔っているが、水間はもっとひどかった。あやしげな呂律《ろれつ》でからんでくる。

「あんたたちは、祝杯をあげてるんでしょうが、こっちはヤケ酒ですよ」

「ヤケ酒ってどういうことだ」

「とにかく不愉快きわまりないな」

山根は、水間を誘わなかったことを根にもたれているのかな、と気をまわした。

「三人ともＩＨＩに残ることにしますわ」

水間は不穏なことを口ばしった。

「電話じゃなんだから、とにかく会わないか。タクシーを飛ばして来いよ。いまの時間なら三十分もかからんだろう」

「行きますよ。行けばいいんでしょう」

電話が切れてから、ほぼ三十分後に水間、坂田、山本の三人がスナックにあらわれた。山陽本線沿いに国道二号線が走っているが、相生から姫路まで二十五キロメートルほどの距離である。

「きみたちも一緒だったのか。よく来たな」

「われわれ三人組は、金魚のフンみたいにいつもつながって歩いてるんですよ」

「水間は、いやに機嫌が悪いんだな。なにがお気に召さんのか知らんが、まず乾杯しようよ」

山根は下手に出た。水間たちにもグラスがゆきわたり、ウイスキーの水割りで乾杯となったが、水間だけでなく、坂田も山本も気勢があがらない。

植田が山本の肩をたたきながら訊《き》いた。

「どうしたんだ。みんな元気がないけど」

「懲戒解雇にするって言われて、元気を出せってほうが、無理ですわ」

「なんだって」

「誰がそんなことを言ったんだ」

村山と山根が同時に叫んだ。

「丸川さんですよ」

山本がこたえた。

丸川は人事課の主任である。

「懲戒解雇はかないませんから、三人とも残ることにしたんですよ」

「阿呆《あほ》なことを言うな。われわれは懲戒解雇されるような悪いことはしていない。よし、こうなったら坂田も残さんぞ。ふざけるにもほどがある」

山根はいきりたち、乱暴に水割りを喉《のど》へ流し込んだ。

「きょうは徹底的に飲みましょう。水間さん、心おきなく三人一緒にコスモ・エイティに来れるんだから、祝杯をあげてもいいわけでしょう」

村山が、起《た》ちあがってグラスを高々と掲げた。

「水間、懲戒解雇と言われたくらいでヤケ酒なんて、きみらしくないじゃないか」

山根は、隣席の水間の背中をどやしつけた。

「だいたい、三人はトリオでやってきたんだから、坂田を残すようなことを考えた山根さんが悪いんですよ。残った一人はつぶされてしまう恐れがあるとも言ったはずです」

「わかった、わかった」

山根は、さからわなかった。

翌日、山根は昼食時間に宇田川を社員食堂でつかまえた。

「坂田を残すことは撤回するよ」

「やぶから棒にどうしたんだ」

「本人の意思でもあるし、なにびとも職業の選択をさまたげることはできんだろう」

「なにをそんなにつんつんしてるんだ」

「きみの意向も汲《く》んでせっかく穏便にやろうとしているのに、懲戒解雇なんて言われたら、誰だって頭にくるよ。みんな気持を傷つけられて、感情的になっている」

「誰がそんなことを言ったかしらんが、冗談に決まってるじゃないか。会社を思う一心で、つい心にもないことを口にしてしまったんだろう。俺に免じて勘弁してくれないか」

「だめだ。人事の連中までがそんな考えをもつようでは救いがたいな。情報開発システムセンターにも、そういう不遜《ふそん》なことを言う者がおるらしい。とにかく、坂田のことは諦《あきら》めてくれ」

「小児的というか、あんまり一方的じゃないか」

「宇田川には申し訳ないと思うが、坂田の気持を確認したうえでの話だから、よろしく頼む」

山根は言うだけ言ってつとテーブルから離れた。

4

清水が急性肝炎で播磨病院へ再入院したのは七月二十七日である。退院したのは二十三日だから、一週間足らずで病院へUターンとは、俺もついてない、と清水は見舞いにきた山根にこぼした。

「GPTが三百五十とか、GOTがどうとかで、絶対安静といわれたが、ぴんとこんよ。

言われてみれば、食欲はないし、少々だるいような気もするが、どことといって痛むわけでもないしね。ただ、黄疸《おうだん》が出てるらしいから、医者の命令に従うしかないよ」

「そういえば、眼が黄色いですね」

清水は、ぶどう糖を基剤にした点滴注射の最中だった。面会謝絶だと言われたが、山根は出勤途中に、家族の一員ということにして病院へ立ち寄ったのだ。

「急性肝炎の原因はなんですか。お酒を飲めない清水さんが、肝臓をやられるなんて、それこそぴんときませんが」

「手術のときの麻酔薬らしい」

「薬の副作用ですね。ＧＰＴとかＧＯなんとかって、どういうことですか」

「よくわからんが、医者の話では血中のトランスアミラーゼ、つまり酵素の値を血液検査で調べるらしいが、この値が高いということは肝臓の細胞がそれだけ破壊されてるってことなんだそうだ。正常値は四十とかいっていた」

「三百五十だと九倍近いですねぇ。絶対安静っていわれるわけだなあ」

「なに、たいしたことはないんだ。静かに臥《ね》ていれば治るらしいし、慢性化しなければ、どうってことはないよ。それより脱藩計画はどうなってる？　みんなに迷惑かけちゃってほんとうに申し訳ない」

「八月末までに、私も含めて辞表が受理されると思います。〝サンデー毎日〟のスクープが一か月早かったら、どうなっていたかわかりませんが、あの記事のおかげで相生組の脱藩が促進されたような気がします」

「私は相当遅れそうだな。あるいは、ちょっと無理かもしれない」

清水は声をつまらせた。左腕下膊《かはく》の静脈に点滴用の注射針を刺し込まれているので、清水は仰臥《ぎようが》の姿勢を変えられず、壁のほうへ首をねじった。山根に涙を見られたくなかったのである。

「そんな弱気でどうするんですか。たったいま、たいしたことはないと言ったばかりじゃないですか」

山根には清水の気持が痛いほどよくわかる。急性肝炎がよほどこたえているのだ。事実、この時期、清水は脱藩を諦めていた。

八月二日の日曜日、碓井は東京駅八時二十四分発の新幹線ひかり一三一号で相生へ向かった。定刻どおり十二時半に相生駅に着いた。

クーラーのきいた列車からホームへ降りると、熱気でむんむんする。スーツを脱いで、吹き出る顔の汗をぬぐった。

ホームから相生の町が一望のもとに俯瞰《ふかん》できる。三方を山でかこまれ、一方が入江にのぞんでいるが、海は見えない。夏は暑く、冬は寒さのきびしいところだ。

外は、焼けつくような真夏の日射しとアスファルトからの照り返しで、むせかえるようだった。

碓井は、タクシーを造船所まで走らせ、入江に面した道路にしばしたたずんだ。

そよとの風もない。瀬戸内の海は鏡のように静かだ。相生は長崎の町と似ていると聞いたことがあるが、価千金の眺めだと思う。建造中の大型貨物船が雄姿をみせている。

かつて、真藤恒とコンピュータの採用機種をめぐって激論した大講堂も視界の中にあった。あれから十二年になる――。

碓井は、流れ出る汗をぬぐおうともせず、感慨にひたっていた。

「お客さん、暑いからクルマの中からどうですか」

年配の運転手に声をかけられて、碓井はわれに返った。時計を見ると、一時に近い。

「そろそろ行こうか」

碓井はタクシーに乗った。

「播磨病院でしたね」

「はい。お願いします」

昼食時間を避けるため、時間つぶしに造船所の近くまで来て、病院までもどるかたちになった。

二階の内科病棟の清水の病室はすぐにわかった。

思いがけない碓井の見舞いを受けて、清水は恐縮した。あわてて上体を起《た》てかけようとする清水を、碓井は、

「そのまま臥てなければいかん。絶対安静なんだから」

と、制した。

「この病院には十二、三年前に、甲状腺《こうじょうせん》のガンで入院したことがあるから、懐しいが、あのころはこんなにきれいじゃなかった。ここは二人部屋だけど、ひとりだから個室みたいなものだが、俺はうす汚ない大部屋だった。しかもガンと聞いちゃあ、生きたソラがない。正直、発見が遅かったら、いまの俺はなかっただろうし、あのとき俺は死を覚悟した。それに比べたら、急性肝炎なんて、病気のうちに入らんぞ。安静にして、栄養さえ摂《と》っていればかならず治るんだからな。このさい、ゆっくり休んだらいいんだ。ＩＨＩの垢《あか》を落すには、願ってもないことじゃないか」

清水は、胸にこみあげてくるものを懸命にこらえた。

「きみが沈み込んでるから、山根が心配してたぞ。知り合いの医者に聞いたが、二か月も辛抱すれば完璧《かんぺき》に治るらしい。きみは酒もやらんのだから、ちっとも心配することはない」

「………」

「じつは、この七日に八ケ岳《やつがたけ》の真藤さんの山荘に呼ばれてるんだ。きみが元気なら一緒に行ってもらうところだが、相生は山根に代表して出てもらうことにしたよ。なんぼでも待ってるから、医者のゆるしが出るまでは静養してくれな」

碓井は三十分ほどで帰った。清水は、涙がこぼれて仕方がなかった。

第十章　八十番目の脱藩者

1

懲戒解雇も辞さない、と上司に恫喝《どうかつ》まがいのことを言われて、辞表を撤回した者、逆に反発した者といろいろあるが、かつて碓井が予測したように雪崩現象的にスピンアウト者が続出したのである。声をかけてもらえず、碓井に手紙を出し仲間に入れてほしいと訴えてきた者も少なくない。

碓井は、杉本たちの意見も聞いて可能なかぎり脱藩希望者を受け入れたが、高齢者で能力的にも劣弱な者は心を鬼にして断わった。企業である以上、コスト意識がなければおかしいが、頼まれると弱い碓井は、

「いいじゃないか。なんとか、採ってやろうよ」

とつい許容してしまい、下の連中に突き上げられることもあった。

IHI側は連日のように関係部門の幹部会議を開いて善後策を協議するが、古沢や野中を通じて情報は碓井たちに筒抜けだったから説得工作といっても笊《ざる》で水をすくうようなものであった。

コスモ・エイティが設立された五月二十五日から一か月ほど過ぎた六月下旬には、飯《いい》田橋《だばし》二丁目の明治生命ビル内に手ごろな本社事務所を見つけて、伊勢丹裏の雑居ビルから移転した。IHI退職者を収容するフロアを確保することが焦眉《しょうび》の急だったから、碓井と三宅で五月下旬以来探しまわっていたのである。コンピュータ・システムのハード機器IBM—四三三一も設置した。

中旬までに相生地区を除いては古沢一人を残して野中、三浦、高村、森山たちの幹部クラスが続々とコスモ・エイティに入社した。

古沢は、最後の最後までIHI側から信頼され、残留組と見なされてきた一人である。古沢の実父はかつてのIHIマンであり、岳父もIHIマンとして健在であったし、古沢自身IHI城下町の相生の出身でもあった。また横浜の分譲マンションは、IHIが社員用に特に売り出したもので、周囲はIHI一色といった趣であった。IHIをやめてコスモ・エイティに入るためには人間関係を犠牲にしなければならない。賛成者、理解者ゼロで四面楚歌《そか》のような状況だけに、古沢の悩みは深かった。

脱藩するにせよ残留するにせよIHIのコンピュータ・システム外販事業をコスモ・エイティにスムーズにスイッチしていくことが自分の使命と考えて行動してきた。そのこと自体うしろ指を指されることはないと古沢は信じていた。だが、いざ最後の選択を迫られる段になって、古沢はうろたえた。親父から聞いているのか、近所で脱藩者の噂話を耳にするのか、

「あなたはIHIをやめるようなことはありませんわね」

と訴えかけてくるような妻のまなざしが気にならないわけはない。

もう一つ古沢が悩んだのは、コスモ・エイティには碓井をはじめ、杉本、清水、野中、三宅など上に立つものがそろっているから、その中に自分が加わることはオーバーヘッドにならないか、という心配である。だいたい八十人という碓井の構想を聞いたとき、大いに疑問をもったことも事実で、古沢は数人からせいぜい十人の規模でなければソフト・ハウスとしてリスクが大き過ぎると考えていた。

古沢は気持がふっ切れないままに七月上旬に、辞表を提出したが、慰留と非難の集中砲火のすさまじさといったらなかった。ある程度は予想し得たが、これほどとは思わなかった。

情報システム部門の上司である室長、部長クラスには泣かんばかりに哀願調で訴えられ、かつての相生の同僚や同期の連中からは居丈高に翻意を迫られた。相生から血相を変えて横浜の自宅にかけつけてきた者もある。連日連夜電話攻勢にも悩まされた。古沢に翻意を迫ったものは三十人ではきかなかった。下山専務にも呼ばれた。下山からじきじきに慰留されたのは古沢だけである。

「中川君や谷山君がどうしても私から一度きみに話してくれと言ってきました。みんなきみのことを心配してます。いや、ほかの人はともかく、きみだけはＩＨＩに残ってもらいたいというのが私のいつわらざる気持です」

下山はていねいな言葉づかいで語りかけてきた。

「きみも私が出した方針には批判的なことと思いますが、いずれおわかりいただけると信じてます。たしかに混乱がなかったとは言い切れませんが、経営は結果ですから、業績を見れば、首肯してもらえるんじゃないですか。五十七年三月期は二百億円近い経常利益を出せるのではないかと私は見ています。もてる情報システム部門の戦力を内部の活性化、合理化に向けることの効果は大きい。これは数字が示してくれるはずです」

「しかし、外販事業は外販事業としてなんとか温存できなかったものでしょうか。そこに誇りをもって取り組んできたシステム・エンジニアの気持も汲《く》んでいただきたかったと思うのです」

「技術屋気質《かたぎ》みたいなものがあることはわからないではないが、スタッフとして機能することも立派な仕事だし、会社にとってもそれは必要不可欠なことなんです」

下山は、女性秘書が運んできた湯呑《ゆの》みの蓋《ふた》をあけて、しずくを切りながらつづけた。

「路線に対する考え方の相違だからこれ以上話しても仕方がないが、きみは私なんかと違って生粋のＩＨＩマンなんですから、ＩＨＩの人間として最後まで頑張ってもらいたいですねぇ」

「私は、この三か月ほどの間、ユーザーのかたがたに迷惑がかからないよう、そればかり考えて対応してきました。結果的にＩＨＩからコスモ・エイティに誘導するというか手引きすることになりました。このことは、ＩＨＩに対する背任行為と言って言えないこともありません。ＩＨＩに残ることを潔しとしないのです」

「それはきみの立場では仕方のないことでしょう。そんなことをあげつらう人はいませんよ。きみの思いすごしです。そんなことより、きみはＩＨＩの多くの人たちに育てられて、システム・エンジニアの管理者として一流になれたわけです。これからは身につけたノウハウをＩＨＩの若い人たちに伝授してってくださいよ。それが先輩としての義務でしょう。きみは、ＩＨＩでもっともっと上にいってもらいたいし、上に立てる人なんです」

「…………」

古沢は痛いところを突かれたという気がした。しかし、このままＩＨＩに残留することは、いままで苦楽を共にしてきた八十人の仲間を裏切ることにもなる。

「碓井君たちに対するきみの思いもわかりますが、中川君たちが古沢君だけは残ってもらいたいと言ってるんですから、ここはわれわれの顔を立ててくれませんか」

「私のようなものにお心づかいをいただいて恐縮です。もう一度考えてみます」

「そうしてください」

古沢は気持が激しく揺れ動いた。

2

下山専務から慰留された日の夜遅く、古沢は妻の捷子と初めて退職問題について話し合った。

「きょう担当の専務から慰留されたよ。お座なりじゃなく、本気で引きとめてくれたようだ。きみ、どう思う？」

「碓井さんや杉本さんには申し訳ないと思いますけれど、ＩＨＩをやめることには反対です」

「義父《おとう》さんはなにか言ってきたか」

「ええ。二度電話がありました。いちどあなたと話したいようなことを言ってました」

「会わなくても、義父さんがなにを言いたいかわかってるよ」

「ＩＨＩに残ってくだされば、父もよろこんでくれますわ」

「私も迷っている。蒸発したい心境だよ」

古沢は、さもやりきれないというように吐息を洩《も》らした。

「あなた、剛《つよし》のことも考えてくれませんか」

「どういうことだ？」

「あの子、汐見台《しおみだい》の病院の先生とすっかり仲良しになって、あの病院を気にいってるようですから、病院をかえるのは可哀相ですよ」

「病院をかえるって？」

古沢にはまだぴんとこない。

「だって、会社をやめたら、この家にはいられないでしょう」

「ここは社宅じゃないから、いられないということはないだろう」

「六棟あるマンションの住民は全部ＩＨＩの人ばかりですよ。あなた、それで平気なんですか」

捷子の声がいくらかいらだっている。古沢は、眉《まゆ》をひそめ、くぐもった声で言った。

「そんなものかな。僕は悪いことをしたわけじゃないが」

「あなたは会社をかわっても昼間はほとんど家にいないからよろしいでしょうけど、剛と私の身にもなってください」

「うん」

古沢は胸がふさがった。坊主のことはやはり気がかりである。

一人息子の剛は小学校二年生だが、生後一年半で腎臓《じんぞう》病の一種であるネフローゼを発病、最近は通院ですんでいるが、ひところは入退院を繰り返していた。通いなれている病院や医師との交流を考えると、たしかに病院をかえることは好ましくない。

「剛はこのマンションが気に入ってるし、お友達もいますから、きっと引っ越しをいやがりますよ」

「そうだろうな」

古沢は、ぬるくなった緑茶を飲んで部屋の中を見まわした。

3LDKのこのマンションは、第一次オイルショック直後の昭和四十九年に、IHI不動産部から八百万円で購入したのだが、その後のインフレを考えるとずいぶん有利な買い物だったといえる。いまどき八百万円で買えるマンションがあるとは思えない。それは我慢できるとしても、坊主を泣かせることになるのはやはり忍びない。

しかし、碓井たちと袂《たもと》を分かつことができるだろうか——。

次の日、古沢は碓井と飯田橋駅の近くの喫茶店で話した。

「正直に言いますが、いま猛烈に悩んでいます。私はIHIに残ったほうが、両者にとってもハッピーな気がしてますが……」

「いまさらなにを言ってるんだ。IHIに残れた義理かね」

「きれいごとに聞こえるかもしれませんけれど、IHIとコスモ・エイティは兄弟、いや親子みたいな関係であるべきだと思うんです。私は、IHIに残って、親子関係の修復につとめるべきだという気がするし、時間がたてば、感情的なしこりやわだかまりも解消するんじゃないですか。碓井さん自身、IHIの連中とは、いつかかならずわかりあえる日が来ると信じている、と言ったことがありますね」

「まさにきれいごとだな。それに、そんなことを言ったおぼえもあるが、これは闘いだとも言ったはずだ。古沢がIHIや家族と、われわれとの板ばさみになって悩んでいることはわかるよ。辛《つら》かろうとも思う。しかし、ここまできて、ハイさようならはないだろう。きみの協力がなかったら、おそらくここまでこれなかったろうし、ユーザー対策一つとっても、完璧《かんぺき》にやってくれた」

「それは、IHIのためにもそう在るべきだと考えたからこそ、やったまでで、もともとIHIとコスモの利害は対立関係にはなかったんです。私がIHIに残留することのメリットを考えてください。闇外協力させてくださいよ」

「フルさんよ。それは、こじつけだな」

碓井は、マイルドセブンをくわえて火をつけ、上眼づかいに古沢をとらえて言った。

「カミさんに会わせてくれんか。わしから話したほうがいいんじゃないか」

「女房のことはいいんです。問題は私自身の気持なんですよ」

「きみがIHIに残るといったら八十人の連中がどう思うか。それを考えたら、きみだけの胸にたたんでおくべきだったんじゃないのか」

「八十人といえば、人をかかえ過ぎたという気がしますね。それと、四十歳以上の熟年というか中年もけっこうメンバーの中に多いですよね。オーバーヘッドになってませんか」

「そんなことはない。どこが頭でっかちなんだ。古沢は、木を見て森を見ていない。IHIの外販事業を引き継ぐだけで満足しようとするから、そういう考えになるんだ。いずれ、俺の考えがまとまったら話すが、八十人が多過ぎるとか、オーバーヘッドだとか、そんなことは絶対にない。とにかく、古沢の参加しないコスモ・エイティなんて考えられるか」

「………」

「だいたい俺がなぜ古沢に一番初めにスピンアウトのことを話したかを考えてくれ。古沢をいちばん頼りにしてたからだ。八十人の結束にひびを入れるようなことを、この期におよんで言い出すなんて、どうかしてるぞ」

「いや、感情的になっているのはあなたのほうです。私はいたって冷静にコスモのゆくすえについてもＩＨＩの後輩たちのことも考えているつもりです。ＩＨＩに残って、コスモに協力する道を選択させてください。お願いします」

古沢は頭を垂れた。

碓井は激しく手を振った。

「だめだめ、だめだ。なんと言われてもそれだけは勘弁してくれ、ここで俺が引き下がったら、みんなのふくろだたきにあってしまう。画龍点睛《がりようてんせい》を欠くことになって、コスモがおかしくなってしまう。絶対にだめだ」

「それでは、私が女房と別れるようなことになっても、あなたは私にＩＨＩをやめろと言うんですか」

古沢は、碓井を凝視した。碓井が視線をそらした。

「仮定の質問には答えたくないが、どうしても答えろと言われたら、イエスと言うほかないな。しかし、そういうことにはならんだろう。奥さんに会わせてほしい。今夜でもどうだろう」

「けっこうです。話すんなら自分で話しますよ」

「古沢が来るか来ないかは、山崎たちが脱落するのとはわけがちがう。ここまできて、古沢にこんなことを言われるとは思いもよらなかったよ。カネ集めのために俺がどれほど苦労したか、すこしは考えてくれよ。俺は、これが冗談だと思うことにする」

　碓井にしては声に張りがなかった。古沢の申し出は、ショックだったのである。しばらく沈黙がつづいたが、碓井が気持をとりなおすように、笑顔を見せて言った。

「そんなことより、真藤のおやじが俺に会いたいと電話をかけてきた。忙しいから当分だめだと断わったら、来月七日に八ヶ岳の別荘で待ってると一方的に言われて、OKしてしまったが、コスモの主だったのを十人ほど連れてこいということだ。古沢も予定しておいてくれ」

　碓井はもう起《た》ち上がっていた。

　古沢は眠れぬ日がつづいた。家族ともろくすっぽ口をきかないし、食欲もなかった。憔悴《しょうすい》し切っている夫を、捷子はなんと慰めたらよいのかわからず、いたましげに眺めているよりなかった。

3

八月六日の夜、古沢は岳父の訪問を受けた。わざわざ相生から出て来たのである。

「武久君、IHIをやめるなんてばかなことを考えんでほしいな。血迷うたとしか思えんぞ。どうかしている」

まるで喧嘩《けんか》腰であった。

「呉の連中にたぶらかされたかそそのかされたかしらんが、いい加減に眼をさましてくれんか」

「呉とか相生とか、そんなセクショナリズムは関係ありません。だいいち、コスモ・エイティには相生からも若い人たちがたくさん参加しています」

「いまどき若い連中と、きみを同一に論じられるかね」

古沢も気が立っていたから、負けずに声をはげました。

「IHIでは外販事業をやらしてくれないのですから、スピンアウトしてやる以外にないじゃありませんか」

「IHIでやるべき仕事はないのか。そんなことはないだろう。下山専務までが心配して、ひきとめてくれたそうじゃないの。とにかくわしは絶対反対だ。人間性を疑われるようなことはせんでほしい」

「どうして、これが人間性を疑われることになるんですか」

「きみは、きみを育ててくれたＩＨＩの多くの先輩の顔に泥を塗るようなことをしようとしてるんだよ」

「義父《おとう》さんは、ご自分の面子《メンツ》が立たないから……」

「きみもひねくれたことを言うねぇ。いつ私の面子を立ててくれと頼んだかね。これは、きみ自身の問題なのだ」

「それなら、私が判断します。私の好きにさせてください」

食事もとらずに激昂《げきこう》して言い合っている父と夫に、妻の捷子はおろおろするばかりだった。古沢は意地になって岳父につっかかった。ほんとうは自分の気持を整理しかね、まだ迷っていたのである。

いや、どちらかといえばＩＨＩに残ろうとする気持のほうが勝っていたかもしれない。ところが、岳父の出現で気持が変った。岳父に頭ごなしにやられて、反発しているうちに、コスモに参加することこそまっとうな生き方なのだと思いはじめていた。

あくる日、岳父が帰ったあとで捷子が言った。

「絶交するとか、人間性を疑うとか、道義にもとるとか、ずいぶんいろいろ言われましたね」

「はじめはこっちもむきになって相手になっていたが、だんだん図々《ずうずう》しくなって、聞き流してたから、それほどこたえてないよ」

「でも、私はあなたがなんだか可哀相でしたわ」

「しかし、おやじを呼んだのはきみじゃないのか」

「とんでもない。私は断わったんですが、父が押しかけてきたんです」

「それできみはどうなんだ。やっぱりIHIをやめることには反対なんだろう」

「ええ。ただ、あなたがこうとお決めになったことなら、しようがないじゃありませんか。父がなんと言おうと、私はあなたの味方です」

「いやにものわかりがいいな。おやじに、責められたり、罵詈雑言《ばりぞうごん》を浴びせられるのを見て、同情してくれたわけだな」

「それもすこしはあるかもしれません」

「おそらく損得で考えたらIHIに残ったほうが得だろう。少なくともリスクの度合いはコスモ・エイティのほうが大きいと思う。IHIに残れば、定年までの十年余は安穏に暮らせることはたしかだ。しかし、どんな理屈をひねくろうが、仲間を裏切ることになるのは間違いないし、一生悔いが残ることにもなる。新しい会社で仲間と苦労を共にして、会社を発展させることのよろこびはなにものにもかえられないと思うんだ」

「あなたがそこまで決心してるんでしたら、しようがないじゃありませんか」

「それにしても、坊主のことは気が重いなあ」

「あの子は、あなたがどんなに悩んでいるかわかってますから、こらえてくれますよ。私からよく話して聞かせます。あなたは引っ越し先を早く探してください。病院が遠いと困りますよ」

「捷子、ありがとう」

古沢は不覚にも眼頭が熱くなった。

「きみと坊主に大きな借りができちゃうな」

「仕方がありませんわ」

捷子は、胸がいっぱいになり、リビングルームから台所へ立っていった。

4

八月七日の夕刻、八ヶ岳中腹の真藤恒日本電信電話公社総裁の山荘に集まった顔ぶれは碓井、杉本、清水、野中、三宅、森山、三浦、今田、山根、高村の十人である。

「これで全部かね」

「古沢にも声をかけたのですが……。あいつＩＨＩから無茶苦茶に慰留されてるし、奥さんに反対されて、どうにも動きがとれなくなってるんです。来てくれると思ってたんですが」

「それで、元気がないのか、碓井にしてはいやに静かだと思ったよ。ひとりぐらいそういうのがいたって不思議はないさ」

「古沢がコスモにいるといないでは相当ちがいますよ。みんなの士気にも影響します」

「古沢君の都合もあるから、無理じいはできんだろう。しかし、案外ここへやってくるかもしれんぞ。気を揉《も》んでないで、電話でたしかめたらいいじゃないか」

真藤に言われて、三宅が碓井のほうをうかがいながら席を立った。ほどなく三宅がにこにこ顔でリビングルームにもどってきた。

「一時過ぎにこちらへ向かったそうです。いま五時半ですから間もなく到着するんじゃないでしょうか」

「そうか。来るのか」

碓井が感にたえないような声を発した。

「古沢がちょうど八十番目の社員です。どうしても来られないのがいましたから」

「八十人とはよく集めたな。ビールの乾杯はもうすこし待とうか」

真藤は、厨房《ちゅうぼう》の夫人に聞こえるように声高に言って、碓井のほうへ視線を向けた。

「おい、碓井！　私になにか挨拶《あいさつ》することはないのか」

「別にありませんが」

「なにを言うか。だいたい私に催促されるまで、話しに来んという法があるか」

「前もって相談してたら反対されるに決まってますからね。ここにいる杉本なんか、総裁に相談しろって血相変えて詰め寄ってきましたが、私は断固応じませんでした。正解でしたね」

「なにが正解なもんか。困った野郎だ」

「だいたいカネの相談相手になれる人じゃありませんよ」

「見くびられたものだな」

「しかし、私が事前に相談してたら、どうなってましたかね」

「うーん」

真藤はうなって、天井を仰いだ。

「賛成できるわけがないでしょう」

碓井にたたみかけられて、真藤は「そうかもしれんな」と渋い顔でこたえた。

「それじゃ、やっぱり正解じゃないですか」

「しかし、刀折れ矢尽きたら相談に来いよ」

「ええ。しかし、刀折れ矢尽きるようなことはありませんから、ご心配なく」

「そうか。それを聞いて安心したぞ。とにかく、しっかりやってくれ」

真藤の温顔がくずれた。碓井の顔もほころんでいる。杉本も森山も、三宅も満ち足りた思いで二人のやりとりを聞いていた。

解説「志を貫き悔いはない」—色あせぬベンチャー精神—

加《か》藤《とう》正《まさ》文《ふみ》（神戸新聞播磨《はりま》報道センター長兼論説委員）

経済小説を読んでいるとモデルとなった主人公や企業の「その後」が無性に知りたくなる。作品がリアリティーに満ちておればなおさらだ。

本書は一九八三年、雑誌「オール讀物」に連載され、同年に「大脱走　石川島播磨重工に造反《スピンアウト》した80人のサムライたち」とのタイトルで実名小説が刊行された。その後、「大脱走」として文庫で版を重ねてきたが、今回、タイトルを「起業闘争」と改めて新装版となった。

これほど長く読み継がれてきた作品の生命力の源泉はどこにあるのだろう。本文を手掛かりに作品の舞台を歩き、高杉良《たかすぎりょう》、主人公碓井優《うすいゆたか》の感懐とともに稀代のベンチャーの足跡を追ってみよう。

■「一度しかない人生」

ＩＨＩこと石川島播磨重工業という大企業から八〇人ものシステムエンジニアが同じ志を抱いて一斉退社し、起業した。会社は造船の生産管理のコンピューター化で培ったシステムの外販事業を進め、収益を上げてきたにもかかわらず、突然、経営陣が全面撤退を決めた。「儲《もう》かっている部門をなぜ切るのか」「高度情報化社会に向かう中、システム事業には将来性がある」。そう信じるミドルたちが独立したのだ。

時は一九八〇年代、同志八〇人が理想を体現する宇宙《コスモス》を創る。そんな願いを託した社名が「コスモ・エイティ」。ベンチャーの先駆けとして一世を風靡《ふうび》した。リーダーは当時四五歳のIHI情報システム室事業開発センター所長の碓井だった。

安定成長、終身雇用の時代、世間では「寄らば大樹」が常識だった。安住をなぜ捨てるのか。黙って働いておれば定年までメシは食えるはずだ。「何もそこまで」「よくやるよ」。周囲はさまざまに反応したことだろう。

高杉の筆は、揺れるミドルたちの心情に徹底して寄り添う。碓井と直属の部下の古沢が昼食時、語り合う場面が全体を貫くモチーフとなる。

〈碓井は硬い顔でぽつっと言った。

「スピンアウトしたらどういうことになるかなあ」

古沢のフォークの手がとまった。

「仕事を奪われるくらいなら会社をやめて、われわれの手で仕事をつづけることを考えるべきじゃないだろうか。（略）きみ、どう思う」〉

衝撃を受ける古沢。「返事のしようがない」と答えると、碓井は引き抜きたい人数や資金、リスクなどを説明した上で言う。

〈「(略)一度しかない人生だからね。悔いを残すようなことだけはしたくないと思っている。俺も四十五だから、ここらが転機かもしれないし……。古沢は四十二歳だったな」〉

碓井の目標は極めてシンプルだ。得意先との信頼関係を損なわないために事業を継続する▽会社をやめてソフトウエア・テクノロジーの集団をつくる▽INS（高度情報通信システム）社会を切り開くベンチャービジネスになる——。やりがい、生きがい、理想を求めて勇気を奮って上司に直言し、鮮やかに行動する碓井。仲間たちも当初はためらいながらも碓井の熱い呼び掛けに次第に共鳴していく。

デビュー以来四〇年以上にわたって、経済社会の激動に翻弄《ほんろう》される「組織と個人」のあり方を見つめてきた高杉作品の原石ともいえる作品だ。発刊後、三五年たっても色あせた印象がしないのは、人間味あふれる物語が時を超えて私たちの胸に響くからだろう。

■取材に基づくリアリティー

「僕の場合、取材が七で執筆が三。取材が終わった段階でもう七割ができあがっています」。調査マンを使わず、自らアポイントを取って取材するのが高杉の流儀だ。「僕は取材をしないと書きません。この本では一九八二年の暑い夏、当時小学五年生の娘と二人で兵庫県の相生や姫路に取材に行った。当時、四三歳。碓井さん含め何人にも会っていますよ」。七九歳の高杉は懐かしそうに振り返った。

本書では高杉が足を運んだ相生市のくだりが重要なパートとなっている。前身の播磨造船所時代から続く古い企業城下町だ。播磨灘《なだ》から深く入り込んだ相生湾は天然の造船所のようだ。現在のＩＨＩ相生事業所を訪ねた。ＩＨＩという正式社名は随分浸透したが、地元では石川島播磨重工業、石播《いしはり》もなじみ深い。

構内に古びた煉瓦《れんが》倉庫がある。最上部には「米」をデザインした紋章。明治から大正期、神戸《こうべ》から世界に雄飛した大商社・鈴木商店のシンボルだ。三井、三菱と並び称された鈴木は一九一六（大正五）年、相生湾の小さな造船所を買収した。ドックや船台、岸壁などを整備し、世界的な造船所にしていく。名高い播磨造船所である。戦中戦後の混乱期を経て六〇年に石川島重工業と合併した。六四年には三年連続年間進水量世界一を達成。栄光の造船所といってよい。

碓井が大きな影響を受けた真藤《しんとう》恒《ひさし》（一九一〇～二〇〇三年、元石川島播磨重工業社長、元ＮＴＴ社長）との出会いも相生だ。本書によるとＩＨＩは一九六八（昭和四三）年、全社的にコンピューター化に踏み出す。そのプロジェクトのモデル地区が相生となり、そこに当時副社長の真藤がやってくる。当時相生工場に勤めていた碓井らプロジェクトチームは採用機種としてＩＢＭを想定していたが、真藤ら首脳陣は先輩である土《ど》光敏夫《こうとしお》（元石川島播磨重工業社長、元東芝社長）の顔を立てて東芝製を採用する意向だった。

本文にあるとおり、ＩＢＭか東芝かを巡って真藤と碓井は相生で激論を交わした。場所は現在の総合事務所内にある大講堂だ。この事務所は旧播磨造船所時代の一九五七年にできたというから築六〇年になる。大きな船のような堅牢《けんろう》な造りの建物に大講堂は当時のままの雰囲気である。隣接してコンピューター部門の部屋があったという。現在も「パンチ室」とプレートがついた部屋があった。

大講堂を歩いていると男たちの肉声が聞こえたような気がした。〈副社長の真藤とヒラ社員の碓井の交流は密度の濃いものとなり、碓井は父親に対するように真藤への傾斜を深めていく〉。真藤との出会いと交流が作品に深みを与える。相生事業所で保管されている「副社長　シントウ」と書かれた黄色いヘルメットを見せてもらった。

碓井は退社した後、仲間を糾合するため説得にやってくる。企業城下町の相生でIHIを辞めるのは地域や家族などの抵抗がひときわ強いと判断したのだろう。相生では目立つことから碓井が新幹線で一つ手前の姫路のホテルの一室に赴き、システムエンジニアたちに呼び掛ける場面は感動的だ。

〈「俺はそれだけで（＝IHIの外販事業を受け継ぐこと）満足してたんじゃ、コスモ・エイティをつくる意味はないと思っている。夢ばかり追って、誇大妄想狂といわれると困るが、われわれは時代の最先端をゆくベンチャービジネスであるべきだと思う」〉このホテルは現存する。ディテールとともに気迫あふれる碓井の肉声を再現した高杉の取材力が光る。

■「大脱走」その後

碓井は一九八三年に出した自著「我が闘争」でこうつづる。〈「人は、われわれの行動を脱走とか、脱藩と呼ぶ。しかし、俺たちのやろうとしていることは、二十一世紀に向かって〈情報維新〉の担い手になろうということなんだ。これは〈革命〉なんだよ」〉

逃げることを嫌う碓井にとって一連の行動が「大脱走」でないのは明らかだ。著書と同じく「闘争」を新たなタイトルに組み込んだこの文庫の「起業闘争」の方がより実情に近いと感じる。

八一年に発足したコスモ・エイティは、三菱商事、日本アイ・ビー・エムと合弁会社を設立するなど数々の実績を残した後、一九九三年に当時のセコム情報システムと合併、一二年間の歴史に幕を下ろした。

碓井は八三歳。改めてコスモ・エイティの挑戦とは何だったのかを問うた。「私たちはひともうけしてやろうなんて気でやったんじゃありません。仕事を守り、客先を守り……。志をもって出たのです。やってよかったと思いますよ。全員、悔いなしです」

碓井は八〇人の仲間たちの多くが独立、起業したことに触れて締めくくった。「とにかく前に向かっていきさえすれば、いろんな目に遭うけれども何とかなる」

■アルチザンの執念

経済小説の第一人者として約八〇作を世に出してきた高杉だが、ここへきて相次いで病気に見舞われた。二〇一八年二月に肝臓がんをラジオ波治療し、三月に前立腺《ぜんりつせん》肥大を手術した。四月には黄斑《おうはん》と眼底出血で入院。今も本調子ではなく、仕事は元気のある午前中にする。手書き原稿やゲラはルーペで拡大して読む。「活字が普通に読めないというのは実につらい。どうしてこんな思いまでしてやらなくてはいかんのだろう、と思いますよ」

とはいえ、意欲は依然旺盛《おうせい》だ。雑誌でＩＴベンチャーに焦点を当てた「雨にも負けず」を連載。一九年二月に刊行される。新聞でユニークな経営者の存在を知り、いきなり電話をかけて取材を申し込んだ。「いまだに取材は好き。好奇心も強い。なぜ、どうしてがいつもある」。ただ、取材して書くという作品はこれで最後になるかもしれない。ゲラを直しているのが「リベンジ」（仮称）。〇二年に出した「小説　ザ・外資」の続編に当たる。「アメリカのリーマンショックを作家の目できちんと切り取っておきたいと思ってね」。これも一九年の刊行予定だ。

いま執筆にかかっているのが、かつて記者、編集長として活躍した「石油化学新聞」時代の物語だ。これは一七年五月に出した自伝的小説「めぐみ園の夏」に続く青春編になるはずだ。

病気を押して書き続ける姿勢を見て、担当の編集者は「作家の業」と評したという。しかしアルチザン（職人）を自称する本人は至って自然体だ。原稿を書くスタイルはパソコン時代になっても変わらず、いまも二〇〇字詰めの原稿用紙とボールペンだ。「書いているから元気でいられる」とさらりと話す。

業界紙記者だった一九七五年にデビュー。以来、「金融腐蝕列島」「広報室沈黙す」など膨大な作品を書いてきた。単行本の総発行部数は推定五〇〇万部、文庫は一五〇〇万部以上に及ぶ。

中でも二〇一七年秋以後文庫化した「辞令」「出世と左遷」（「人事権！」を改題）「最強の経営者」「懲戒解雇」では業界関係者が驚く売れ行きを見せた。特に三〇年前に書いた「辞令」は三次文庫だが、一五万部以上が出た。デビュー時、映画化されて話題になった「金融腐蝕列島」の刊行時に続く、第三の高杉良ブームといえる状況だ。

「入院中、目のつらさでもう筆を折ろうと思うこともあった。でもファンがついてくれると考えれば頑張れる。簡単に投げ出してはいけない、集中しようと自分に言い聞かせています」。経済小説にエネルギーを吹き込んできたアルチザンの仕事から今後も目が離せない。

（文中敬称略）

※神戸新聞記事、インターネットサイトの記事、碓井優氏著作などを参考にした。

本書は、一九八六年一月に刊行された『大脱走《スピンアウト》』
（角川文庫）を改題、加筆修正しました。

起《き》業《ぎよう》闘《とう》争《そう》

高杉《たかすぎ》良《りよう》

昭和61年 1月10日　初版発行
平成30年 12月25日　改版初版発行
令和 6 年 11月25日　改版 3 版発行

発行者●山下直久

発行●株式会社KADOKAWA
〒102-8177　東京都千代田区富士見2-13-3
電話　0570-002-301（ナビダイヤル）

角川文庫 21353

印刷所●株式会社KADOKAWA
製本所●株式会社KADOKAWA

表紙画●和田三造

ISBN 978-4-04-107405-3　C0193

角川文庫発刊に際して

角 川 源 義

第二次世界大戦の敗北は、軍事力の敗北であった以上に、私たちの若い文化力の敗退であった。私たちの文化が戦争に対して如何に無力であり、単なるあだ花に過ぎなかったかを、私たちは身を以て体験し痛感した。西洋近代文化の摂取にとって、明治以後八十年の歳月は決して短かすぎたとは言えない。にもかかわらず、近代文化の伝統を確立し、自由な批判と柔軟な良識に富む文化層として自らを形成することに私たちは失敗して来た。そしてこれは、各層への文化の普及滲透を任務とする出版人の責任でもあった。

一九四五年以来、私たちは再び振出しに戻り、第一歩から踏み出すことを余儀なくされた。これは大きな不幸ではあるが、反面、これまでの混沌・未熟・歪曲の中にあった我が国の文化に秩序と確たる基礎を齎らすためには絶好の機会でもある。角川書店は、このような祖国の文化的危機にあたり、微力をも顧みず再建の礎石たるべき抱負と決意とをもって出発したが、ここに創立以来の念願を果すべく角川文庫を発刊する。これまで刊行されたあらゆる全集叢書文庫類の長所と短所とを検討し、古今東西の不朽の典籍を、良心的編集のもとに、廉価に、そして書架にふさわしい美本として、多くのひとびとに提供しようとする。しかし私たちは徒らに百科全書的な知識のジレッタントを作ることを目的とせず、あくまで祖国の文化に秩序と再建への道を示し、この文庫を角川書店の栄ある事業として、今後永久に継続発展せしめ、学芸と教養との殿堂として大成せんことを期したい。多くの読書子の愛情ある忠言と支持とによって、この希望と抱負とを完遂せしめられんことを願う。

一九四九年五月三日